Holger Nielsen

Fatales
Wiedersehen
in
Sassnitz

Die Abhandlung ist frei erfunden.
Jede Ähnlichkeit mit Handlungen, Personen oder Orten
ist rein zufällig und nicht beabsichtigt.

Bibliographische Information der Deutschen Nationalbibliothek
Die Deutsche Nationalbibliothek verzeichnet diese Publikation in der Deutschen Nationalbibliographie; detaillierte bibliographische Daten sind im Internet über http.//dnb.d-nb.de abrufbar.
Die automatisierte Analyse des Werkes, um daraus Informationen, insbesondere über Muster, Trends und Korrelationen gemäß §44b UrhG („Text und Delta Mining") zu gewinnen, ist untersagt.
© 2024 Holger Nielsen
Verlag: BoD · Books on Demand GmbH,
In de Tarpen 42, 22848 Norderstedt
Druck: Libri Plureos GmbH,
Friedensallee 273, 22763 Hamburg
ISBN 978-3-7693-2102-9

Inhaltsverzeichnis

1. Rückblick und Begierde

Es liegt vielen Menschen, das, was sie für ihre Lebenserfahrung halten, in griffige Merksätze zu kleiden. Solch eine oft nachgeplapperte Sentenz ist auch das bedrohliche „Man sieht sich immer zweimal im Leben". Meist leichtfertig zum Abschied daher gesagt, kann sie leider in der Zukunft ungeahnte Bedrohung ankündigen, wie es Ortwin Köpperwien schmerzhaft erfahren sollte.

Ortwin Köpperwien, vormals Gymnasiallehrer in Bergen auf Rügen, hatte in den letzten fünfzehn Jahren ein ereignisreiches, dramatisches Leben durchleiden müssen. Ursprünglich wohnhaft in Lehnin bei Potsdam hatte er unverhofft die Nachricht erhalten, ein Haus in Bonn von einem gewissen Onkel Ralf[1] geerbt

---

1   Dieser sogenannte Onkel Ralf war kein Verwandter von Ortwin Köpperwien,, fühlte sich aber verpflichtet, für ihn

zu haben[2]. Wie er ziemlich schnell erleben mußte, war dieses für ihn und seine Freundin Luise erfreuliches Erbe belastet mit den ominösen Machenschaften dieses Onkel Ralf, so daß Ortwin durch die Erbschaft auch das „Interesse" der ehemaligen Kontrahenten (Mitglieder der russischen Mafia) dieses umtriebigen Onkel Ralf auf sich zog. Er konnte sich deren Nachstellungen durch einen Umzug erst nach Berlin und dann nach Sassnitz[3] auf Rügen entziehen. Aber auch dort wurde er nicht in Ruhe gelassen. Zunächst stellte er überrascht fest, dass Onkel Ralf garnicht verstorben war, sondern *in cognito* unter falschem Namen in Sassnitz lebte. Auch wenn der alles nur Mögliche unternahm, um Ortwin und Luise zu schützen, gelang es beiden nur mit Müh und Not, einem Attentat zu entgehen und nach Schweden

---

zu sorgen, da er es nicht hatte verhindern können,daß Ortwins Eltern ermordet worden waren.

2   Holger Nielsen (2003) „Ralfs Erbe", BoD
3   Holger Nielsen (201) „Wer,wenn nicht er?", BoD

zu fliehen.

Dort fanden sie in Lund eine neue unbelastete Heimat; an der dortigen Universität fanden beide angemessene Anstellungen, mit Onkel Ralfs Hilfe konnten sie ein Haus in Lomma erwerben und als Luise eine Tochter gebar, schien das Glück vollkommen. Ortwin war hingerissen von seiner kleinen, blonden Merle und konnte sich nicht genug tun, ihr alles nur Erdenkliche zu schenken; Luise verstand es, geschickt ihren Ortwin zu „bremsen", wenn er wieder einmal etwas gekauft hatte, für das Merle noch viel zu klein war oder das zu protzig wirkte. So wuchs Merle wohlbehütet in Lund heran. Allerdings konnte es auf die Dauer nicht ausbleiben, daß Merle und ihre Eltern – zumal sie untereinander weiterhin deutsch sprachen – in der näheren Umgebung in Lund unter tyska[4] bekannt waren. Das hatte keinen bewertenden

4   = Deutsche

Beiklang und bezeichnete nur ihre Herkunft.

Als Merle auch noch ein Brüderchen bekommen hatte, den Moritz, war das Familienglück der Köpperwiens komplett. Sie waren bei ihren Nachbarn und bei den Berufskollegen beliebt und gefragt. Merle und Moritz hatten in der Schule einen großen Freundeskreis und – ohne daß sie das eigentlich wollten – immer noch das besondere Flair von „zugeflogenen Paradiesvögeln". Da Ortwin für seine Familie ein größeres Segelschiff angeschafft hatte, das im Hafen von Lomma seinen Liegeplatz hatte, konnten sie zu viert mehrtägige Segeltouren entlang der Küste von Schonen unternehmen. So konnte es auf die Dauer auch nicht ausbleiben, daß Ortwin als „praktizierender" Schiffseigner unter den Seglern von Lomma ein gern gesehener Kumpel war. Er war so integriert, daß er sich auch nicht den traditionellen, feuchtfröhlichen Gelagen zum Sankt-Hans-Tag[5] verweigern konnte. Im Allgemeinen kam Ortwin mit den schwedischen Lebensgewohnheiten gut zurecht, ihren seltsamen Umgang mit alkoholischen Getränken dagegen fand er ziemlich schizophren: die Macht der Nyktenster[6] hatte dazu geführt, daß das Trinken von Alkohol in der Öffentlichkeit unter Strafe verboten war, andererseits sämtliche Alkoholika im Systembolaget[7] - und nur dort – frei verkäuflich zu stark erhöhten Preisen angeboten wurden. Ortwin hatte sich immer wieder gewundert, welche Mengen an Schnaps oder Wein kartonweise vor diesen Läden in Privatwagen verladen wurden.

Auf solch einem Gelage in den Räumen des Uni-Instituts in Lund geschah es

---

5   Sankt-Hans-Tag = Sommersonnenwende
6   Nyktenster = Abstinenzler
7   Systembolaget = staatliches Monopolgeschäft für
    alkoholische Getränke

auch, dass Ortwins „schöne neue Welt" in Schweden den ersten häßlichen Riß bekam: in stark alkoholisiertem Zustand machte sich ein Kollege von Ortwin, mit dem er im täglichen Leben problemlos auskam, plötzlich mit derben fremdenfeindlichen Schimpfkanonaden Luft. Im Wesentlichen regte er sich darüber auf, daß die ausländischen Wissenschaftler bevorzugt werden und die wenigen freien Mitarbeiterstellen den genauso gut qualifizierten Schweden vorenthalten würden. In dieser Situation erinnerte sich Ortwin daran, daß er diesem Michael Stromberg schon mehrmals abends seltsam schwarz gekleidet – schwarze Hose, schwarzer Pulli und schwarze Bomberjacke - begegnet war, ohne sich dabei etwas zu denken. Vom Hörensagen hatte Ortwin mitbekommen, daß sich Michael Stromberg viel von seiner Freizeit in einem rechtsradikalem Klüngel aufhielt und dort mitmischte. Im täglichen Arbeitsablauf aber benahm er sich korrekt, nicht sehr freundlich und wenig hilfsbereit: war zum Beispiel auf dem gemeinsamen Telephon im Büro ein Anruf aus dem Ausland für Ortwin eingegangen und Stromberg hatte den Anruf entgegengenommen, so dachte er nie daran, Ortwin zu holen, sondern behauptete dem Anrufenden gegenüber in rüdem Ton, Ortwin sei nicht da und legte einfach auf. Man soll nun nicht glauben, daß Stromberg wenigstens anschließend Ortwin von dem Anruf unterrichtet hätte. Die Folge war, daß Ortwin den Kontakt mit diesem „Stinkstiebel" mehr und mehr mied.

Diese alltäglichen Mißlichkeiten konnten das Glück der Familie Köpperwien aber nicht schmälern.Wann immer es möglich war und das Wetter es erlaubte, waren sie mit ihrer Segeljolle auf der Ostsee unterwegs. In letzter Zeit hatte es ihnen die Insel Ven im Öresund angetan: Moritz hatte etwas über Tycho Brahe[8] gelesen und von einem Tycho Brahe-museet auf der dänischen Insel Ven gehört und hatte zur Verwunderung seiner Eltern ungewöhnlich lange gequengelt, bis sie an einem Wochenende nachgaben und zur Insel Ven aufbrachen. Sie gingen an ihrer Westküste in Kyrkbacken an Land. Merle maulte und fand alles und jedes uncool. Es war für die Eltern einigermaßen schwierig, mit ihren so verschieden motivierten Kindern voran zu kommen. Vor dem Museum weigerte sich Merle störrisch, mit hinein zu gehen. Ortwin und Luise gaben sich alle Mühe, Merle umzustimmen; aber je mehr ihre Eltern auf sie einredeten, umso bockiger wurde Merle. Schließlich blieb ihnen

---

8   Tycho Brahe (1546-1601) war ein dänischer Adliger und einer der bedeutendsten Astronomen. Der Umfang, die Sorgfalt und Genauigkeit seiner astronomischen Beobachtungen, die er ohne Fernrohr ausführte, waren für die damalige Zeit verblüffend. (Wikipedia). Siehe auch: Max Brod „Tycho Brahes Weg zu Gott" über dessen Zusammentreffen mit Keppler in Prag.

nichts übrig, als Merle draußen vor dem Museum allein zurück zu lassen. Zuerst triumphierte sie, daß sie sich erfolgreich durchgesetzt hatte; mit der Zeit allerdings wurde es ihr so allein vor dem Museum langweilig und aus einer plötzlichen Laune heraus begann sie, Gänseblümchen auf dem Rasenstück vor dem Museum zu pflücken und daraus einen Kranz zu winden. Mit diesem Blumenschmuck krönte Merle die knieende Steinfigur des Tycho Brahe, der in demütiger Pose mit gen Himmel gerichtetem Blick seine Faszination von der Astronomie bildhaft darstellte. Als Moritz mit seinen Eltern aus dem Museum kamen, fand er seine Schwester Merle still vergnügt im Gras vor dem bekränzten Tycho Brahe sitzend; Ortwin kannte Merle zu gut, als daß er auf die vergangene Trotzepisode eingegangen wäre. Das hätte alles nur verschlimmert, denn Merle konnte nie nachgeben. Statt dessen beraubte er den steinernen Tycho

Brahe seines Kopfschmuckes und bekränzte damit seine lachende Luise. Damit war die latente Anspannung gelöst und die Vier gingen einträchtig und über diesen seltsamen Tycho Brahe schwadronierend zu ihren Schiff im Hafen zurück.

In diesen Wochen geschah es auch, daß Moritz seinen Eltern verkündete, er wolle Kapitän auf einem Segelschiff werden. Seine Eltern nahmen diesen Berufswunsch ihres Sohnes mit dem gebotenem Gleichmut hin, war es doch für Jungen in seinem Alter nicht unüblich für den Beruf des Feuerwehrmanns oder gar Zirkusdirektors zu schwärmen; das würde in ein paar Jahren wieder vergessen sein. Ortwin war indes aufgefallen, mit welchem Eifer sich sein Sohn wirklich ernsthaft um Segel und Takelage des Schiffes kümmerte und das mit einer Sorgfalt, die man von ihm in seinem Alter eigentlich noch nicht erwarten konnte.

Da an der Universität in Lund die Semesterferien angefangen hatten und der Sommer ungewöhnlich warm war, hatten Ortwin und Luise die Gelegenheit kurz entschlossen genutzt, um für ein paar Wochen Urlaub zu machen. Für Merle und Moritz hatten bereits die großen Sommerferien begonnen und so konnten die Köpperwiens fast jeden Tag auf ihrem Segelschiff verbringen. Moritz hatte sich in den Kopf gesetzt, unbedingt die Westküste von Schonen im Süden bis Malmö oder gar bis Ystad und gen Norden bis über Helsingborg hinaus per Schiff zu erkunden. Darin versteckt war sein Wunsch, möglichst oft die Gelegenheit zu bekommen, einmal selbst das Segelschiff zu steuern und seinem Vater zu beweisen, wie gut er schon navigieren könne. Ortwin durchschaute das Manöver seines Sohnes (und war ein Bißchen stolz auf ihn); wenn er ihm das Steuer überließ, blieb er aber in unmittelbarer Nähe, um rechtzeitig eingreifen zu können. Bald war Moritz so gewieft im Steuern der Yacht, daß er den Bogen raus hatte, wie er die Wogen anschneiden mußte, um einen kleinen Sprühregen zu erzeugen, der wie zufällig über die beiden, sich im Bugraum sonnenden Damen niederging; Ortwin ließ ihn lächelnd gewähren und war stolz über das Können seines Sohnes. Angesichts des regen Schiffsverkehrs durch den Öresund nach und von Kopenhagen konnten immer wieder heikle Situationen mit den großen „Pötten" entstehen; aber gemeinsam am Steuer bewältigten sie diese sehr gekonnt. Merle und Luise ließen „ihre Männer" gewähren, aalten sich fast jeden Tag gut eingeölt auf dem Vorschiff und genossen zufrieden die Strahlen der Sonne und das sanfte Wiegen ihrer Yacht in den Wellen.

Da Ortwin während dieser Segelwochen seine Familie stets um sich hatte, nutzte er diese Gelegenheit, sehr behutsam scheinbar „so nebenbei" auf seine Vergangenheit mit Luise in Sassnitz einzugehen. Natürlich hatten Merle und Moritz ihre Eltern schon des Öfteren gefragt, warum sie als Deutsche in Schweden leben würden. Bislang hatten sie sich mit der Begründung zufrieden gegeben, daß ihre Eltern wie andere Ausländer eben an der Universität Lund beschäftigt seien. Diese „Teilwahrheit" gedachte Ortwin jetzt aus gegebenen Anlaß zu vervollständigen. Er begann sozusagen mit dem „Bonbon": über Verbindungen, auf die er im Einzelnen nicht eingehen wolle, habe er die Option erhalten, zu Zweit auf dem Zweimaster „Roald Amundsen"[9] an der „Sail 24" in Sassnitz teilzunehmen. Sie würden Anfang August in Kopenhagen an Bord gehen und wären dann

---

9   Die Roald Amundsen ist ein 1962 in Roßlau an der Elbe gebautes, deutsches Stahlschiff. Nach verschiedenen Einsätzen erhielt es 1992 Masten und Segel und wurde damit zur Brigg umgebaut. Ziel seiner Fahrten ist seitdem Menschen die Klassische Seemannsschaft auf Großseglern nahezubringen.(Wikipedia)

rechtzeitig gegen Ende des August in Sassnitz zur „Sail 24". Ich muß nachtragen, daß Ortwin sein ganzes Unterfangen bereits vorher mit seiner Luise besprochen hatte. Eingedenk der blutigen Ereignisse vor fünfzehn Jahren in Sassnitz, den Ortwin um Haaresbreite entkommen war, und ihrer anschließenden Flucht nach Schweden wollte es ihr nicht in den Kopf, warum sie ihr beschauliches, ruhiges Leben der letzten Jahre in Lomma grundlos gefährden sollten. Wer konnte ihr denn versichern, daß in Sassnitz oder seinem Seehafen Mukran nicht immer noch das Unheil auf ihre Rückkehr lauerte. Ortwin hatte lange gebraucht, daß auch er zunächst diese Bedenken gehabt hätte. Aber SIE[10] hätten ihm versichert, das direkte Interesse der

---

10 Über viele Jahre hin hatte ein gewisser Onkel Ralf seine „schützende Hand" über sie gehalten. (siehe von demselben Autor „Ralfs Erbe" und „Wer, wenn nicht er"). Dieser Onkel Ralf war inzwischen verstorben; die Organisation, zu der er gehört hatte, kümmerte sich aber weiterhin um seine Schützlinge.

„Firma" aus Sankt Petersburg an Sassnitz sei erloschen und es bestehe keine
Gefahr, wenn sie möglichst die Brigg im
Sassnitzer Hafen nicht verlassen würden.

So war es nicht verwunderlich, dass nur
Merle und Moritz von der Ankündigung
ihres Vaters in Aufregung gerieten und
zwar in sehr unterschiedlicher Art und
Weise: Moritz sah sich schon am Steuerrad eines richtigen Segelschiffes und
Merle sah sich bedroht von einer Reihe
öder Tage auf dieser doofen Brigg; auf
die warnenden Worte ihres Vaters vor
Gefahren im Sassnitzer Hafen hörten sie
nicht ernsthaft hin und waren eigentlich
nur mit ihren Hoffnungen beschäftigt.
Ehe Merle noch Zeit hatte, in ihr störri-
sches Maulen zu verfallen, machte ihr
Luise – wie auch zuvor mit Ortwin besprochen – den Vorschlag, daß sie mit
ihr an Stelle der Schiffspartie eine schon
lange Zeit geplante Radtour auf dem

Kattegattleden von Helsingborg bis nach Göteborg über das Schloß Sofiero und den Kullaberg-Nationalpark unternehmen werde. Und oh Wunder! Damit waren alle zufrieden, nur Ortwin war sich im Geheimen noch unsicher und wurde ein flaues Gefühl in der Magengegend nicht los.

2. Noch ein Fremder

Man kann von Fjodor behaupten, was man will, aber es war nicht zu leugnen, dass er in den vergangenen fünfzehn Jahren eine erstaunliche Wandlung durchlaufen hatte. Nachdem in diesem denkwürdigen August im Jahr 2000 Mirko, Stanislav und Tamira im Sassnitzer Hafen umgekommen waren – ihre gesamte Aktion gegen diesen Köpperwien war in einem einzigen großen Desaster buchstäblich ins Wasser gefallen - , hatte sich Fjodor für längere Zeit in den Ruinen der alten NVA-Kasernen auf Dwasieden verborgen. Von dort aus beobachtete er, was über die Hintergründe ihres mißglückten Attentats nach und nach publik wurde und genüßlich in der Ostseezeitung berichtet wurde.

Von der „Firma" in Sankt Petersburg bekam Fjodor keine Direktiven mehr; er fühlte sich abgeschrieben. Mit einigem Mißtrauen las er in der Ostseezeitung einen längeren Artikel, in dem über das Bergen einer männlichen Leiche aus dem Sassnitzer Hafenbecken berichtet wurde; dies regte insofern sein besonderes Interesse, als der Mann nicht einfach ertrunken war, sondern offensichtlich er- schossen worden und erst danach ins Wasser gefallen war. Man hatte die drei Geschosse aus der Leiche isolieren kön- nen; es waren 18mm-Patronen und deu- teten damit eindeutig auf eine Makarow[11] hin. Fjodor war klar, dass die Polizei den Leichnam des erschossenen Mirko ge- funden haben mußte.

Das gefiel Fjodor überhaupt nicht: jetzt

---

[11] Die Pistole Makarow, kurz als PM bezeichnet, ist eine in der Sowjetunion entwickelte und bis heute produzierte Selbstladepistole. Sie verschießt die speziell geschaffene Patrone 9 x 18 mm und ist komplett aus Stahl gefräst. Benannt ist die Waffe nach ihrem Konstrukteur Nikolai Fjodowitsch Makarow (Wikipedia 2024).

hatte die deutsche Polizei den ersten greifbaren Hinweis auf den möglichen „Ursprung" aller bislang ungeklärten Morde im Sassnitzer Hafengebiet. Es war höchste Zeit, dass er sich eine neue Identität zulegte und in der Masse der Normalmenschen untertauchte. Sehr sorgfältig räumte er seine Sachen zusammen und verwischte die Spuren seiner Anwesenheit in der verfallenen Gerätehalle, die ihm die letzten Wochen als Unterschlupf gedient hatte. Es war sowieso ein Irrtum gewesen, sich hier verstecken zu wollen. Die Abgeschiedenheit, die er eigentlich hier gesucht hatte, wurde immer wieder von den „Kampfspielen" der Paintball-Anhänger[12] gestört und jetzt zur Zeit der Touristenhochsaison in Sassnitz tauchten immer wieder geführte Besuchergruppen auf, die sich für die Geschichte des in Trümmern liegenden

---

12 Paintball = ist ein taktischer Mannschaftssport, bei dem die Spieler versu-chen, ihre Gegner durch Beschuß mit Farbkugel zu markieren. Die getrof-fenen Sieler müssen ausscheiden.

sogenannten „Weißen Schlosses"[13] inter-
essierten. So verschwand Fjodor aus
Dwasieden.

Einige Wochen später hatte die Firma
Kisten-Karl im Sassnitzer Hafen einen
neuen Mitarbeiter. Es war ein kräftiger,
schwarzhaariger Mann mit harter Aussprache von osteuropäischem Typ. Der
Chef hatte ihn zunächst zum Reparieren
von Transportkisten und Paletten einge-
setzt. Da sich dieser Gregor sehr patent
und fleißig mit Kuhfuß und Fuchs-
schwanz anstellte, wurde er bald zum
Fahrer eines Gabelstaplers ausgebildet.
Auch wenn es einem gelang, sich den
schwarzen Schnurr- und Kinnbart von
Gregor „wegzudenken", so war doch der
ehemalige Fjodor kaum wiederzuerken-
nen. Gregor sagte der neue Job als Fah-

---

13 Schloss Dwasieden wurde in de Jahren 1875-1877 im
Auftrag von Adolph von Hannemann erbaut, dem Inhaber
der Disconto-Gesellschaft in Berlin und einem der reich-
sten Männer der Bismarckzeit. Architekt war Friedrich
Hitzig, ein Schüler von Friedrich Schinkel.

rer eines Gabelstaplers sehr zu, kam er doch auf diese Weise im Hafen von Sassnitz und Mukran weit herum und hatte als Leiharbeiter problemlos Einblick in den Transporthandel der ein- und auslaufenden Schiffe. Es konnte nicht ausbleiben, daß Gregor mit dem Personal der Fährschiffe, die Mukran mehrmals im Monat anliefen, bald näheren Kontakt aufbaute. So kam er billig an zollfreie Zigaretten und Alkoholika, für die er Abnehmer auf Rügen hatte. Außerdem erfuhr er manches Wissenswerte aus Dänemark (Kopenhagen), aus Schweden (Trelleborg) und – für ihn besonders wichtig – aus Litauen (Kleipeda). Als er auch noch bei einer präsentablen Witwe in Lancken untergekommen war, hielt er sich – wie es im Amtsdeutsch hieß – für völlig integriert und unauffällig.

Wenn Gregor in „ruhigen Minuten" seine turbulente Vergangenheit und sein jetziges Leben überdachte, war er sehr zufrieden und mochte nicht mehr in sein altes, blutrünstiges Leben zurückkehren. Ihm war jedoch bewußt, daß es nichts zu bedeuten hatte, nichts mehr von der „Firma" aus Sankt Petersburg zu hören. Aus leidvoller Erfahrung kannte er ihre Methoden, bei Bedarf auf ihn ohne Vorwarnung zurückzugeifen und ihn für ihre blutigen Machenschaften zu reaktivieren. Dagegen konnte er sich nicht wehren, denn sonst brachte er seinen pflegebedürftigen Bruder in der Heimat und seine Martha hier in Lancken unweigerlich in Lebensgefahr. Bislang hatte er es immer wieder aufgeschoben, sie in seine dunkle, blutige Vergangenheit einzuweihen und vor möglichen, zukünftigen Gefahren zu warnen. Er wollte unbedingt ihr gutes Einvernehmen nicht durch seine „dunkle Altlast" gefährden. Und dennoch war es nur fair, sie endlich einzuweihen!

Martha Willke wohnte in einem Einfamilienhaus am Rügenring in Lancken hinter einer hohen, blickdichten Ligusterhecke. Ihr Mann war Kapitän auf einem Fischkutter gewesen und auf See umgekommen, sagte sie; die einsamen Jahre danach hatten ihr sehr zugesetzt und sie war erst wieder aufgelebt, als sie diesen zunächst sehr wortkargen Gregor kennen gelernt hatte. Wieder mit jemand täglich zusammen zu leben, tat ihr ungemein wohl. Auch ihre Nachbarinnen beglückwünschten sie für ihre neue Verbindung. Sie war sich sicher, dass es ihr auch noch gelingen werde, ihren Gregor bei passender Gelegenheit noch aus seiner Verschlossenheit zu locken; schließlich hatte sie ihm schon längst alles über sich erzählt, soweit es für ihn von Interesse sein konnte und sie bereit war, ihm von ihrem vergangenem Leben freiwillig preis zu geben.

Es war schon eine eigenartige Situation: beide von diesem ungleichen Paar waren zu einer Aussprache bereit, strichen aber wie zwei verstörte Katzen um den heißen Brei herum. Es fehlte nur noch der rechte Augenblick für die Stunde der Wahrheit; zur beiderseitigen Überraschung sollte mehr als gedacht ans Tageslicht kommen.

Die Stunde der Wahrheit ereilte dies ungleiche Pärchen kurz vor Ostern. Sie waren am Abend beim Sassnitzer Osterfeuer gewesen, hatten wohl den einen oder anderen Sanddornlikör getrunken und saßen nun, da es ein ungewöhnlich lauer Abend war, im Dunkeln auf der Terrasse vor ihrem Haus in Lancken. Sei es nun, daß die genossenen Likörchen ihre Zungen lösten oder daß die geborgene Zweisamkeit im Dunkeln den letzten Rest von der bisherigen Verschwiegenheit zunichte machte oder beides, jedenfalls fühlte sich Martha Wilke geradezu innerlich gedrängt, ihrem Gregor „reinen Wein" über ihr Vorleben einzuschenken – mit dem Hintergedanken, ihn damit in Zugzwang zu bringen, nun auch seinerseits „aus seinem Schneckenhaus" heraus zu kommen und sie über seine Vergangenheit aufzuklären. Martha Wilke begann sozusagen mit dem rethorischen „Paukenschlag", daß ihr Ex nicht auf See ums Leben gekommen sei, sondern daß er sie kurz nach der Wende verlassen habe und mit einer Neuen zusammengezogen sei; die Beiden würden seit einigen Jahren in einem Appartement mit betreutem Wohnen der DRK leben. Als Gregor zögernd ansetzte, ihre unverhoffte Mitteilung zu kommentieren, stoppte Martha ihn abrupt, indem sie recht derb seinen rechten Unterarm ergriff und mit Emphase ausstieß, daß sie damals nicht nur ihren Ehemann verloren habe, sondern aus Kummer auch ihre ehedem schlanke Taille; dabei klopfte sie – wie zur Bestätigung – mit der flachen Hand auf ihre rundliche Mitte. Gregor hatte Glück, daß Martha im Dunkeln sein Grinsen nicht sehen konnte. Er räusperte sich und versuchte, sie möglichst unverfänglich danach zu fragen, ob sie ihrem Ex denn einen Anlaß für die Trennung gegeben habe. Damit hatte er den „wunden Punkt" getroffen, aber in einem ganz anderen Sinne, als er es eigentlich erwartet hatte. Martha schnaubte empört und sprudelte das Folgende ziemlich hastig heraus und ließ Gregor nicht mehr zu Wort kommen, was ihm im Übrigen ganz recht war: Sie sei zu DDR-Zeiten am Sassnitzer Gymnasium eine anerkannte Lehrerin gewesen und war dafür bekannt, daß sie in ihren Klassen die Anordnungen „von oben" immer sofort und vollständig umgesetzt habe; bei ihr habe immer Ruhe und Ordnung geherrscht und darauf sei sie noch heute stolz, insbesondere wenn sie von dem Tohuwabohu in den Schulen heute höre. Und so war es mit Vielem in der DDR; man wußte immer, was Linie ist! Aber sie hatten auch ihre kleinen privaten Freizonen. Mit einigem Schmunzeln erinnerte sie sich an den gängigen

Spruch im Lehrerkollegium: „Freitags nach Eins macht jeder Seins". Aber nicht nur ihr Mann hatte sie verlassen; auch ihr Sohn Heiko war nach der Wende auf Nimmerwiedersehen nach Berlin abgehauen und arbeitete dort in Pankow als Barkeeper; eine Berufsentscheidung, die sie überhaupt nicht schätzte. So war ihre Familie, die während der DDR-Zeit durchaus stabil erschienen war, nach der Wende unwiederruflich in ihre Einzelteile zerfallen. Was Martha Willke nie eingestehen würde, war ihre Schuld an dem Zerwürfnis, nämlich ihre sture staatliche Linientreue und ihre pingelige „Oberlehrer"-Manie. Gregor nahm diese Offenbarung mit einiger Gelassenheit hin und war sich ziemlich sicher, daß ihm seine neue „Flamme" offenherzig reinen Wein über ihr Vorleben eingeschenkt habe.

Nun war es an ihm, etwas von seiner Vergangenheit preis zu geben: Das war bedeutend schwieriger. Er war unweigerlich dazu gezwungen, sein Vorleben und seine Herkunft kräftig zu schönen, wollte er nicht seine neue Freundschaft mit Martha Willke und damit seinen Unterschlupf bei ihr gefährden. So fabulierte er ihr vor, sein Vater sei aus Russland und seine Mutter aus Polen, sein Geburtsort sei ein kleines Dorf am westlichen Rand von Szczecin[14], dort sei er in der Jakobskirche getauft worden und in einem langgestrecktem Gebäude in der Nähe der Hakenterrasse acht Jahre lang zur Schule gegangen. Als kleiner Knirps sei er auf seinem Weg zur Schule jeden Tag am viertürmigen, weiß-gestrichenen Greifenschloß vorbeigekommen, das ihm mächtig imponiert habe. Wenn er heute daran zurückdenke, war das die schönste Zeit seines Lebens. Martha Wittke drückte ihm mitfühlend die Hand und atmete schwer auf; Gregor lächelte kaum merklich und fuhr selbstsicher fort mit seinem Märchen.

---

14 Stettin

Ende der achten Klasse ging die Ehe seiner Eltern auseinander und er mußte runter von der Schule und hinein ins Berufsleben, um eigenes Geld zu verdienen. Aufgrund seiner mangelhaften Ausbildung konnte er dabei nicht allzu wählerisch sein und mußte nehmen, was ihm angeboten wurde; mochte die Entlohnung auch noch so erbärmlich sein. Immerhin war er des Polnischen und des Russischen mächtig, konnte sich zur Not auch auf Deutsch und Englisch verständlich machen. Durch seine vielfältigen Gelegenheitsjobs entwickelte er so ganz nebenbei mannigfaltige Fähigkeiten und lernte Hinz und Kunz kennen. Im Grunde genommen aber war er nur ein talentiertes armes Würstchen, an dem man aber anderenorts – aus heutiger Sicht muß man sagen: leider – erwartungsvolles Interesse zeigte. Fjodor alias Gregor war völlig nichtsahnend, als er plötzlich einen lukrativen Job als Lagerarbeiter und Bote von einer ihm bis dato noch unbekann-

ten Speditionsfirma Transloco Internatio-
nal angeboten bekam. Eigentlich hätte
ihn die unerwartete Höhe der Entlohnung
und der Hauptsitz der Firma, nämlich
Sankt Petersburg, mißtrauisch machen
sollen. Aber er war jung und freute sich
über das tolle Angebot; endlich hatte
auch er einmal Glück gehabt!

Martha Willke starrte diesen fremden
Mann neben sich mit sehr gemischten
Gefühlen an, eine Melange aus gespann-
ter Neugier, staunendem Mitgefühl, an-
teilnehmendem Stolz und – ein klein
wenig Mißtrauen. Sie drängte ihn ungeduldig fortzufahren.

Gregor merkte zufrieden, wie Martha auf
seinen Köder aus Halbwahrheiten rea-
gierte: sie hatte „angebissen"! Beinahe
schon genüßlich malte er seine Tätigkeit
bei der Firma Transloco aus; sie bestand
mehr und mehr aus Kurierdiensten, wo-

bei ihm die Adressaten und was er über-
bringen sollte, oft sehr seltsam vorkamen:
es konnten Abbruchhäuser oder piekfeine
Hotels sein in Polen oder den umliegen-
den Staaten. Mit der Zeit wurden ihm
diese Kurierdienste nicht nur unangenehm, sondern er war sich nicht mehr
sicher, auf was er sich da eigentlich ein-
gelassen hatte; als er ganz offiziell seinen
Kurierdienst aufkündigen wollte, zeigte
die „Firma" ihr wahres, häßliches Gesicht
und zwang ihn mit brachialen Repres-
salien, denen er sich nur unter Lebensgefahr hätte entziehen können, zu
bleiben.

Gregor erzählte hier fast die reine
Wahrheit, allerdings ließ er wohlweislich
die blutigen Einzelheiten und existenz-
bedrohenden Gemeinheiten der Firma
unerwähnt. Er setzte nur noch hinzu, daß
er genaugenommen immer noch im
Dienst der Firma stehe; sie habe ihn nur
seit mehr als ein Jahr in Ruhe gelassen;

eines plötzlichen Zugriffs durch die Firma müßte er also stets gewärtig sein.

Martha Willke fühlte sich durch Gregors vermeintliche Lebensbeichte geschmeichelt und fand es ungemein aufregend, mit einem Art James Bond liiert zu sein. Geheimnisvoll war er ihr schon vom ersten Augenblick ihres Kennenlernes vorgekommen, aber diese mafiösen Aktivitäten hatte sie ihm nicht zugetraut. Ihr Ex war auch kein unschuldiges Lamm gewesen und hatte ihr so manches krumme Ding angedeutet, wenn er mit seinem Fischkutter von einer Auslandsfahrt zurückgekehrt war. Genaues wollte sie schon damals nicht über seine „Fischzüge" wissen; schließlich zahlten diese sich auch für sie aus. Es machte ihr nichts aus, daß die ausländischen Machenschaften ihres Ex nicht zu ihrer Linientreuen passen wollten: Wenn man überleben wollte, mußte man eben Kompromisse eingehen.

Gregor war sichtlich zufrieden mit diesem „Abend der Aussprache"; sein geschönter Lebenslauf war bei Martha gut angekommen und er konnte sich bei ihr sicher fühlen. Sollte die „Firma" tatsächlich wieder Interesse an ihm haben, würden sie ihn diesmal nicht so leicht aufspüren.

3. Aufbruch nach Kopenhagen

Der Entschluß, nach der dramatischen Flucht vor Jahren jetzt wieder nach Sassnitz zu fahren, setzte Ortwin heftig zu; insgeheim hatte er quälende Skrupel, ob er nicht unnötigerweise sich und seine Lieben in Gefahr bringen würde. Nichts war näherliegend als Merle und Moritz zu besonderer Vor- und Umsicht in den nächsten Wochen anzuhalten. Zusammen mit Luise versuchte Ortwin diese fürsorgliche Mahnung seinen Kindern sozusagen in „homöo-pathischen" Dosen beizubringen. Aber seine Warnungen hatten leider ebenso wenig Erfolg wie die vor dem bösen Wolf bei den sieben Geißlein; in Vorfreude auf die bevorstehenden Reisen hatten Merle und Moritz ganz andere Dinge im Kopf: Moritz war auf der Suche nach Seekarten vom Öresund bis hinnunter nach Rügen und Merle debattierte per Handy mit ihren Freundinnen die überaus wichtige Frage, was und wo die angesagtesten Diskotheken zwischen Helsingbørg und Götebørg seien. Soviel sei zum Erfolg der elterlichen Vorsorge bemerkt!

Schließlich war der Tag des Aufbruchs gekommen. Sie wollten zu Viert mit dem Auto von Lomma nach Malmö fahren und dort Ortwin mit seinem Sohn per Bahn nach København. Luise würde dann mit Merle nach Lomma zurückkehren und am nächsten Tag per Rad mit ihr zur Fahrt nach Götebørg aufbrechen. Petrus schien ihnen wohlgesonnen zu sein, denn für die nächsten Tage war stabiles sonniges Hochdruckwetter angesagt.

Der Abschied auf dem Bahnhof Malmö Central war nur zwischen Luise und Ortwin mit angstvoller Hoffnung belastet („es wird schon Alles gutgehen"), ihre Kinder

dagegen schwelgten in unbelasteter Vorfreude. Viel Zeit blieb nicht mehr, der sil-
berfarbene Schnellzug X2000 der schwedischen Staatsbahn stand schon ab-
fahrtsbereit und Ortwin mußte mit Moritz
einsteigen. Die Türen schlossen sich mit
scharfem Zischen hinter ihnen und, da
sich die Fenster nicht öffnen ließen,
waren die Vier unerwartet schnell vonein-
ander getrennt. So blieb ihnen nur ein
stummes Winken, bis sich der Schnellzug
leise schnurrend in Bewegung setzte. Damit begann die Fahrt nach Sassnitz, die
Ortwin und Luise nicht so schnell wieder
vergessen sollten.

Von der Zugfahrt nach Købnhavn bekamen Ortwin und Moritz nicht allzuviel mit:
der Zug fuhr viel zu schnell[15] und bot
damit nicht die Chance, mit dem Blick auf
Details draußen auf dem Meer länger
verweilen zu können; hinzu kam, daß der
Schnellzug weit vor der dänischen Insel

---

15 Fahrzeit für die Strecke Malmö – Kopenhagen 45 Minuten.

Amager in einen Tunnel abtauchte.

Als Luise und Merle wieder in Lomma waren, packten sie Sachen für die geplante Radtour zusammen; Luise war sehr wortkarg und begleitete in ihren Gedanken Moritz und Ortwin nach København, als ob sie ihre Lieben so vor Ungemach schützen könne. Merle indes war auch nicht im hier und jetzt; sie bettete hingebungsvoll das Bild ihres derzeitigen Freundes zuoberst auf die Wäsche in ihrer Packtasche. Dieser Ritus war in der Familie bekannt und von Moritz etwas gehässig mit den Worten kommentiert worden, daß es sehr praktisch von seiner Schwester sei, für ihr „Altarbild" einen Wechselrahmen zu verwenden.

Der Schnellzug von Malmö erreichte København mit Ortwin und Moritz ohne Zwischenfälle und pünktlich, sieht man von einer Gruppe alkoholisierter Schweden ab; aber das ist ja eigentlich nicht bemerkenswert. Ortwin und Moritz stiegen aus und folgten dem allgemeinen Strom zum Ausgang der Bahnhofshalle. Mit dem Stadtbus fuhren die Beiden in den Stadtteil Østerbro bis auf die Höhe des Fælledparken. Dort stiegen sie aus und suchten nach der Dræjogade: nach einigem Hin und Her mit ihrem Gepäck standen sie vor dem Gebäudekomplex, in dem ein Appartement für sie reserviert sein sollte.

Zu ihrer freudigen Überraschung erwartete sie der Eigentümer Herr Christiansen aus Klampenborg schon an der Haustür. Er war sehr gesprächig und mühte sich ab, mit ihnen auf Deutsch zu verhandeln. In dem Appartement war sein Sohn untergebracht, der zur Zeit per interrail durch Europa tourte; daher sollte er es in der Zwischenzeit vornehmlich an Touristen vermieten. Es bestand aus einem Wohnraum mit Kochnische, Badestube mit Toilette und einem großen Balkon: also gerade richtig für Ortwin mit seinem Sohn.

Da sie noch einige Tage Zeit hatten, bis die Brigg sie im nahe gelegenen Svannemøllehavn mitnehmen würde, wollten sie sich die touristischen Glanzstücke von København ansehen: also die Lange Linie samt königlichem Schloß mit morgendlicher Wachablösung und der berühmten Statue der Kleinen Seejungfrau, ein abendlicher Besuch des Tivoli und – wenn die Zeit noch reichen sollte – eine Besichtigung der Carlsberg Brauerei. Dieses Sightseeing-Programm absolvierte Moritz mit großer Begeisterung; außerdem entwickelte er eine erstaunliche Vorliebe für die dänischen Pølser; für Ortwin war es mehr ein Wiedersehen von schon Bekanntem; er staunte indes nicht schlecht, wie „menschenfreundlich" und lebenswert København in der Zwischenzeit geworden war: zum Beispiel war aus der schlichten, Baum-umstandenen holprigen Grasfläche des Fælledparken ein rabatten-geschmückter Park mit großzügiger Teichanlage geworden und die Gegend um die Svannemølle – ehedem ein gesichtsloser Industriehafen – hatte entlang des vormals durch große Felsbrocken geschützten Ufers durch Aufschüttungen einen breiten Sandstrand bekommen.

Eingedenk der Ereignisse vor etlichen Jahren blieb Ortwin trotz des unterhaltsamen Zeitvertreibs mit seinem Sohn in diesen Tagen immer noch mißtrauisch. So beobachtete er vom Balkon ihres Appartements in der Dræjogade jeden Morgen einen kack-braunen Moskowitsch unten vor dem Haus, in dem zwei Zigaretten-rauchende Männer saßen. Er beruhigte sich damit, daß ausländische Wagen in diesem noblem Viertel von Østerbro mit seinen zahlreichen Auslandsvertretungen eigentlich nichts Außergewöhnliches war. Sicherheitshalber gewöhnte er sich aber an, ihren Appartementblock nur noch über den rückseitigen Ausgang zu einer anderen Straße zu verlassen bzw. zu betreten.

Von Luise erhielt Ortwin gute Nachrichten. Allein mit ihrer Mutter lohnte es sich für Merle nicht, sich weiterhin zickig zu zeigen; Luise erzählte Ortwin am Telephon unter Lachen, daß Merle jeden Abend das Bild ihres Sven anhimmelte und neben sich aufs Kopfkissen lege. Tags über sei sie in dieser Hinsicht kein Kind von Traurigkeit und konnte – wenn es sein mußte – sehr kokett sein. Sehr angetan waren Luise und Merle von Schloß Sofiero und seinen weitläufigen Parks und Gärten, insbesondere die mit Rhododendron überwachsene Felsenschlucht mit Blick über den Øresund nach Dänemark. Ortwin war froh über diese guten Nachrichten; den Zwei auf ihren Fahrrädern in Schweden konnte nichts zustoßen.

Die Zwei in København besichtigten am Vormittag des vorletzten Tages die Carlsberg Brauerei. Schon das von steinernen Elefanten getragene Eingangstor imponierte Moritz gewaltig. Ortwin war sehr erstaunt, welche anderen Brauereien zur weltweit drittgrößten Brauerei, der Carlsberg Group, gehörten; u. a. nämlich Tuborg, Holsten, Astra, Duckstein, Lübzer, Wernersgrüner, Feldschlößchen und Gatsweiler Alt. Ebenso gigantisch waren die Ausmaße der Produktionsanlagen: riesenhafte Tröge mit der Maische rotierten in einem prozeß-gesteuert klimatisierten Hochhaus, bis diese weiter verarbeitet werden konnte. Welchen Ausstoß die Brauerei hatte, konnte man an den pausenlos herumkurvenden Gabelstaplern ermessen, die Türme von Bierkästen mit frisch abgefüllten Flaschen von einer Verladerampe abholten und zu wartenden Lastwagen brachten. Es war schon erstaunlich, mit welchen Mengen an Alkohol sich die Menschheit ihren Verstand wegsoff[16].

Schließlich hatten Ortwin und Moritz die Brauerei-Besichtigung einschließlich Verkostung (es gab auch alkoholfreie Getränke!) überstanden und standen wieder unter dem Elefantentor. Da es ein schöner Sommertag mit lauem Wind war, sie beide sowieso schon im Randbereich von København, in Valby, waren, hatte Ortwin die glorreiche Idee, in einem Gartenlokal im angrenzenden Frederiksburg Mittag zu essen. Nach seiner Erinnerung war sich Ortwin sicher, daß sie nur auf der vor ihnen liegenden Pilealle am Rand des Parkes Søndermarken ein Stück nach rechts bis zur Einmündung von Vesterbrogade und Roskildevej gehen müßten, um den Ort ihrer „Begierde" zu erreichen. Und er sollte sich nicht getäuscht haben;

---

16 Es ist nur ein kleiner Trost, daß die Carlsbergstiftung das Tivoli und die Glyptothek sponsert, die Carlsberg-Laboratorien zu Forschungsuecken unterhält und sich finanziell an der Ausrichtung von internationalen Sportveranstaltungen beteiligt.

das Gartenlokal war gut besucht und brummte wie ein Hummelhaufen. Offensichtlich fühlten sich die Gäste äußerst wohl, was – wie Ortwin gelernt hatte – mit dem unübersetzbaren „hyggelig[17]" beschrieben wurde. Kaum hatten die Beiden das Gartenlokal erreicht, rückten einige Dänen auf ihrer Sitzbank zusammen und machten ihnen am Ende eines Tisches mit Begrüßungs-Hallo Platz. Ortwin und Moritz konnten garnicht anders und mußten das Angebot annehmen. Ab und An spielte ein Akkordeon-Spieler auf und alle Gäste fielen sofort ein und sangen mehrere Strophen mit. Moritz staunte nicht schlecht; so etwas hatte er noch nicht erlebt. Ortwin bestellte gutgelaunt eine røget fiskefad[18]. Als der ihnen auf einer doppelstöckigen Etagere serviert wurde, klatschte die dänische Nachbarschaft und wünschte „Velbekomme". Vater und Sohn machten sich über den lek-

---

17 Hyggelig = die Summe von gemütlich+ angenehm +nett
+behaglich
18 = Platte mit geräuchertem Fisch

keren Fisch her.

Beim Essen entwickelte sich unter den Dänen neben Ortwin ein heftiger Disput über die Eigenarten der Deutschen. Ortwin verstand nicht Alles, aber der durchgehend abfällige Duktus ließ ihn aufhorchen. Aber es sollte noch schwieriger für ihn werden, als sein dänischer Nachbar – ein rotblonder Kæmpe von Wickingerformat – ihm kumpelhaft mit seinem Ellenbogen in die Seite buffte und von ihm seine Meinung dazu wissen wollte: „Hvad siger du til det?" Moritz vergaß fast das Kauen, als sein Vater in klarem Dänisch antwortete: „Jeg er selv tysker og kan ikke lide din pastand[19]". Es herrschte augenblicklich Funkstille zwischen ihnen und der Däne murmelte ein kaum hörbares „Unskyld![20]! Von nun an wurden sie beide bei ihrer Fischmahlzeit in Ruhe

---

19 = Ich bin selber Deutscher und mag Deine Behauptung nicht.

20 **= pardon**

gelassen.

Als Vater und Sohn am Abend dieses ereignisreichen Tages wieder in ihr Appartement kamen, war der kack-braune Moskwitsch unten in der Dræjogade verschwunden.

4. Ein Schiff wird kommen

Wie vorhergesagt schlug das Wetter über Nacht um; ein Hoch führte aus dem Norden Kaltluft heran, die sich über die feuchtwarme Luft über dem Øresund und København schob. Als Moritz morgens aus dem Bett sprang und noch schlaf-trunken nach dem Wetter sehen wollte, waren die gegenüber liegenden Häuser an der Dræjogade im waberndem Nebel versunken. Ortwin und Moritz waren bestürzt. Hatte die Brigg die technische Ausrüstung, um trotz dieses dichten See-nebels den Svannemøllehavn gefahrlos anlaufen zu können? In etwas gedrückter Stimmung packten sie ihre Sachen zu-sammen und verließen das Appartement, diesmal unvorsichtigerweise wieder auf die Dræjogade hinaus; aber sie hatten Glück: der kack-braune Moskwitsch war (noch) nicht da. Die Ahornbäume auf dem Parkplatz der Wohnanlage trieften vor Nässe. Ortwin mit Sohn war nicht gerade motiviert zu der ganzen Aktion, als sie nebeneinander mit ihrem Gepäck die Østerbrogade durch den dichten Nebel tappten. Irgendwo da vorn im Hafengebiet meldete sich in regelmäßigen Abständen mit heiserem Ton ein Nebelhorn. Es kostete sie schon viel Überwindung überzeugt von ihrer Unternehmung zu bleiben, während ihnen die Nässe in die Kleidung kroch. Es fuhren heute nur wenige Autos bei diesem Sauwetter auf der sonst so belebten Østerbrogade und als sie die Eisenbahnbrücke querten, waren unten die Bahnsteige der Station Svannemøllen menschenleer. Trotz aller Widrigkeiten gelangten Vater und Sohn, reichlich durchnäßt, zur Plantanenallee am Hafen; auch diese Bäume boten ihnen keinen Schutz mehr, vielmehr platschte der an den Blättern kondensierte Nebel in besonders großen Tropfen auf sie nieder: sie hatten fürwahr durchschlagende Wirkung. Es half Alles nichts, da sie ja sowieso schon durchnäßt waren, trotteten sie hinaus auf die nebelumspülte Svannemølle, von deren Ende sie abgeholt werden sollten.

Zu derselben Zeit durchquerten Luise und Merle das Naturschutzgebiet der Kullaberge. Auf ihrer Radtour trafen sie seit einigen Tagen immer wieder – wie zufällig (?) - auf einen blonden Schweden namens Lasse, der ihnen erzählt hatte, daß auch er per Rad nach Göteborg unterwegs sei. Amüsiert hatte Luise mitbekommen, wie das Bild von Merles Sven „Arrest" bekommen hatte, von nun an in der Packtasche verbleiben mußte und nicht mehr die „Ehre" hatte, des Nachts auf Merles Kopfkissen zu liegen. Luise blieb sehr gelassen; solche „Strohfeuer" von Merle hatte sie schon ein paar Mal erlebt; ihr bangte nur etwas vor dem sicher tränenreichen Ende.

Als Moritz und Ortwin zur vereinbarten Zeit das Ende der Svannemølle erreicht hatten, konnten sie im wabernden Seenebel nichts von der Brigg entdecken; wenn sie ehrlich zu sich selbst waren, hatten sie auch nichts anderes erwartet. Trotzdem starrten sie natürlich angestrengt in die graue Wand, ob sich nicht doch ein Segelschiff zeigen würde.

Vorsichtshalber informierte Gregor seine Martha, daß er am Freitag, den 16. August morgens einen Auftrag für seine Firma zu erledigen habe; er sie also an diesem Tag erst zwei Stunden später zur Wassergymnastik fahren könne und daß dann die Zeit für ihre obligatorische Fahrt nach Bergen zum Einkaufen erst am nächste Tag stattfinden könne. Sie nahm es nichtsahnend hin und Gregor war zufrieden mit sich, hatte er sie doch rechtzeitig und so informiert, daß sie sich nicht veranlaßt gesehen hatte, noch weitere unangenehme Fragen zu stellen.

Ortwin staunte nicht schlecht, als sein Sohn ihn – voller Aufregung ganz zappelig – am Arm ergriff und mit ausgestrecktem Arm auf die graue Nebelwand vor ihnen zeigte. Und er hatte Recht: ganz langsam schälten sich die Umrisse der Brigg aus dem Nebel. Das Ganze wirkte auf Ortwin, als erschiene ihm das verfluchte Schiff des sagenumwobenen „Fliegendenden Holländers". Es ist schon erstaunlich, was in der menschlichen Psyche schlummern kann (und meist zu wenig beachtet wird.).

Langsam lichtete sich der Nebel um die Brigg oder war sie Ortwin und Moritz nur näher gekommen; jedenfalls sahen sie, wie drüben ein Boot zu Wasser gelassen wurde und ein in seinem Heck stehender Mann mit einem langen Ruder, das Boot auf sie zu wriggte. Moritz hüpfte aufgeregt von einem Bein auf das andere, während sein Vater äußerst skeptisch beobachtete, daß drüber auf der Brigg mittschiffs ein Fallreep an der Bordwand herabgelassen wurde. Ortwin blieb keine Zeit, sich ernstlich Gedanken zu machen, denn das Boot hatte sie erstaunlich schnell erreicht; es lag etwa einen halben Meter tiefer dicht am Pier. Ein Schwarzer stand in ihm und begrüßte sie lachend mit ausgebreiteten Armen. Voll Zutrauen warf Moritz sein Gepäck hinunter ins Boot und sprang dann hinterher; der Schwarze fing Alles und auch Moritz mit großer Geschicklichkeit auf, so daß sich Ortwin genötigt sah, seinem Sohn „irgendwie", d. h. möglichst geschickt , ins Boot zu folgen. Der muskulöse Schwarze stellte sich als „John" vor und half den beiden Landratten so geschickt das Fallreep hinauf, daß sie beide gar keine Gelegenheit bekamen, sich ungeschickt zu benehmen. Oben auf Deck wurden sie stilvoll vom Kapitän im Kreis der anderen

Fahrgäste begrüßt.

Ortwin liebte es überhaupt nicht, unvermittelt einer Schar fremder Menschen vorgestellt zu werden, von denen er wußte, daß er mit denen die nächsten zwei Wochen auf diesem Schiff auskommen mußte. Er fühlte sich in dieser Situation immer wie der Neue, der seiner zukünftigen Klasse vorgestellt wird und die abschätzenden Blicke verspürt, wie er sich wohl in die bestehende Rangordnung einfügen und wem dabei seinen derzeitigen Status streitig machen werde. Man kann es auch derber ausdrükken: er liebte nicht die Kämpfe auf dem Affenfelsen um die Rangordnung.

Nun galt es also, sich gesittet gegenseitig bekannt zu machen. Auch dabei erwies sich der schwarze John aus dem Beiboot auf seine Weise als ungewöhnlich hilfreich: er mäandrierte geschickt durch die Menge und verstand es, immer dann hinter den Personen aufzutauchen, die Ortwin als Nächste vorgestellt werden sollten; von dort aus vermochte es John, nur durch seinen Mimik – also ohne jede auffallende Gestik – seine Meinung über die jeweilige Person Ortwin zu vermitteln.

Beim ersten Kennenlernen war es Ortwin bislang regelmäßig passiert, daß ihn der erste unvoreingenommene Eindruck von dem fremden Gegenüber nur sehr selten getäuscht hatte. Als er Luise davon erzählt hatte, hatte sie von da an lachend vom dritten Auge ihres Ortwin gesprochen.

Der Kapitän Siegfried Solms konnte als Prototyp seines Berufsstandes gelten: ein schlanker grauhaariger Mann mit kurzem Kinn- und Backenbart, dessen blaue Augen mit ruhigem Blick sein Gegenüber zu durchschauen suchten; nach Ostfriesenart machte er nicht viel Worte, ohne wortkarg zu werden; sein Händedruck war kräftig und herzhaft.

Er stellte Ortwin das Ehepaar Krämer aus Dresden vor: sie stand schräg hinter ihrem Mann, war physisch gerade so groß, daß sie ihrem Mann über die Schulter schauen konnte, machte auf Ortwin aber den Eindruck, wie wenn sie ihn um Haupteslänge überragte und auf ihn mit kontrollierendem strengen Blick hinabsah; ihr Mann von fülliger Gestalt mochte die Fünfzig schon überschritten haben und stellte sich als Architekt und Bauingenieur vor; er sprach in leicht gebeugter Körperhaltung mit gesenktem Blick, schaute aber sein Gegenüber immer wieder plötzlich unter dichten Augenbrauen hervor prüfend an. John rollte lebhaft mit seinen Augen und sah dann angestrengt gen Himmel.

Als Nächster stand ein etwa vierzig-jähriger Mann vor Ortwin. Dieser Hajo Wittkowski aus Bielefeld war Barkeeper und machte auf Ortwin einen unbe-darften, nichtssagenden Eindruck; sein derbes Urteil über ihn: ein Mitläufer ohne große intellektuelle Möglichkeiten. John senkte verneinend den Kopf.

Dagegen war Wolfram Uttermöhlen, ein pensionierter Studienrat für Kunst und Philosophie aus Helmstedt, ein ganz an-deres Kaliber. Er war zwar nur ein kleiner, klappriger alter Mann mit einem wirren weißen Haarschopf, hatte aber listige flin-ke Augen und eine weiche, überaus ein-schmeichelnde Stimme. Moritz war fas-ziniert von dem alten Mann, dem sogar weiße Haarbüschel aus Nase und Ohren wuchsen. John griente über die ganze Breite seines Gesichts.

Sein Gesichtsausdruck verfinsterte sich

jäh, als sich Kapitän Solms nun zu den restlichen zwei Fahrgästen umwandte und sie als Mika Jansson und Aleksis Maasilina aus Finnland vorstellte; leider hätten sie noch keine Zeit gehabt, sich bei Allen bekannt zu machen, da sie erst gestern in Göteborg an Bord gekommen seien. Ortwin empfand eine geradezu schmerzhafte Antipathie beim Anblick dieser beiden grobschlächtig wirkenden Finnen; in ihren knappen dunkelblauen Anzügen und weißen Oberhemden mit roten Schlipsen wirkten sie auf dem Deck der Brigg völlig deplaziert; Ortwin suchte verstohlen die Hand seines Sohnes neben ihm und hielt sie fest. Die beiden Finnen schienen kein großes Interesse daran zu haben, aus dem Hintergrund ins Zentrum der Gruppe vorzutreten; da sich aber bei den Worten des Kapitäns Alle ihnen zugewandt hatten, waren sie nun ganz automatisch im Zentrum aller Blikke. Das schien ihnen nicht zu gefallen; Aleksis trat ungeduldig von einem Fuß auf den anderen, was sich als sehr unüberlegt herausstellen sollte, denn die Brigg hatte inzwischen gedreht und bei leichter Schräglage nach Lee Fahrt aufgenommen. So kam Aleksis ins Straucheln und konnte gerade noch rechtzeitig durch seinen Kumpan Mika vor dem Sturz auf die Decksplanken bewahrt werden. Der kurze Augenblick diesen Durcheinanders zeigte Ortwin das, was er sicher nicht sehen sollte: Aleksis trug unter seinem blauen Jakett ein Schulterhalfter samt Pistole! Ortwin lief ein kalter Schauer den Rücken herunter. Erst jetzt wurde ihm wieder bewußt, wie lange schon Moritz und er vom Seenebel durchnäßt hier auf dem Deck der Brigg standen; sie mußten schleunigst die Klamotten wechseln. John schulterte ihr Gepäck und forderte sie auf, ihm zu folgen.

Sie hatten Glück; ihre Unterkunft lag hinter dem Steuerhaus und direkt neben der Funkstation, Johns Reich. Es dauerte nicht lange und Kapitän Solms erschien im Türrahmen; er erkundigte sich erst angelegentlich, ob sie mit der Unterkunft zufrieden seien und dergleichen gastgeberische Nettigkeiten, bevor er zu seinem eigentlichen Anliegen kam: Er hatte mit den beiden Finnen gesprochen und nach ihrer Bewaffnung befragt. Sie hatten ihn damit beruhigt, daß keine ernstliche Gefahr von ihnen zu befürchten sei; das Gegenteil sei der Fall, ihre Profession sei Personenschutz, daher die Bewaffnung. Außer Dienst seien ihre Pistolen nicht geladen. Ortwin fand die Erklärung höchst skurril, einigermaßen nachvollziehbar, aber keineswegs beruhigend. Kapitän Solms setzte noch mit skeptischer Miene hinzu, daß die beiden Finnen behauptet hätten, auf der Sail in Sassnitz ihren neuen Arbeitgeber mit seiner Yacht zu treffen.

Einerlei, Ortwin mußte sich in die Umstände fügen, ob er wollte oder nicht. Er gab sich Mühe, die Finnen im Auge zu behalten. Tags über hielten sie sich meist im Heck der Brigg auf; der Seegang der ruppigen See schien ihnen arg zuzusetzen.

Sein Sohn Moritz fühlte sich am Ziel seiner Träume: Kapitän Solms lud ihn ins Steuerhaus ein, wo er auf einer Fußbank stehend das große Steuerrad halten durfte. Auf seinen mitgebrachten Seekarten wurde ihm gezeigt, wie man exakt den Kurs der Brigg eintragen konnte. John zeigte und erklärte ihm seine Funkerbude und stellte für ihn den Funkkontakt mit weit entfernten Schiffen her. Ganz besonderes Vergnügen bereitete es John, Moritz das Morsealphabet beizubringen; er benutzte dazu blaue Plastiktonnen von knapp zwei Meter Höhe, die eigentlich für die Küchenabfälle in einem Verschlag neben seiner Funkerbude untergebracht waren. Wenn sie noch leer waren, ließ sich herrlich auf ihnen trommeln. Auch zu den Mahlzeiten brauchte Moritz seine neuen Freunde nicht missen; die Mannschaft saß zusammen mit den Fahrgästen an einem langen Tisch; Ortwin mit Sohn, Uttermöhlen, John und Kapitän Solms waren an seinem Ende untergekommen. Moritz war immer wie aufgedreht und unterhielt mit seinen Fragen und Bemerkungen den halben Tisch, so daß Ortwin oft eingriff und ihn zum Essen anhielt. Es kam, wie es kommen mußte, Moritz stand immer im Mittelpunkt und war bei Allen beliebt. Obwohl – von den beiden Finnen am anderen Ende des Tisches konnte man das nicht behaupten; sie verspeisten das Essen mit verschlossener, wenn nicht gar finsterer Miene, wenn sie nicht per Handy in kurze Gespräche verwickelt waren.

Im Ganzen gesehen ließ sich die Fahrt auf der Brigg nach Sassnitz also gut an; das teilte Ortwin seiner Luise jedenfalls bei ihrem nächsten Telefonat mit. Sie erzählte ihm lachend, daß sie jetzt zu dritt gen Götheborg radelten, der ominöse Lasse folge ihnen wie ein treues Hündchen.

Zwischen Moritz und John wurde es zur Gewohnheit, daß sie sich nach den Mahlzeiten – wenn es das Wetter erlaubte – per Morsesprache „unterhielten". Dazu rollte Moritz eine der leeren blauen Tonnen aus dem Verschlag ins Freie und setzte sich rittlings darauf; John blieb im Verschlag zurück und nahm von dort aus ihre „Unterhaltung per Trommeln" auf. Natürlich blieb ihre tägliche Trommelei nicht unbemerkt: Der sächsische Architekt und seine Frau brummelten etwas von Buschtrommeln und Störung der Mittagsruhe, aber der ehemalige Studienrat Uttermöhlen fand ihre Darbietung höchst interessant, verkannte offensichtlich, daß es sich nur um eine primitive Art der Übermittlung von Nachrichten handelte, und versuchte statt dessen vergeblich, ihre Trommelei musikalisch zu begreifen. Dieser verwuselte Uttermöhlen war gerade aufgrund seiner Verschrobenheit ein liebenswerter Zeitgenosse: Es war beispielsweise eine stete Manie von ihm, allen Ernstes darauf hinzuweisen, wie sehr das Leben des Menschen von „Zeichen" gesteuert werde. Sein Kronzeuge dafür war ein gewisser Nostradamus[21], aus dessen kryptischen Gedichten er seine Gewißheiten sog. Uttermöhlen war stolz darauf, als Zeichenlehrer und nicht als Zeichnenlehrer Kunstunterricht gegeben zu haben; also kam es ihm nicht auf das geschickte Arrangement von Farben und Formen an, sondern auf die Übermittlung einer „Botschaft" des Künstlers. Als treffliches Beispiel für seine Theorie zeigte er besonders gern im Kunstunterricht das Bild „Der Schrei" des nor-

---

21 Nostradamus = latinisiert für Michel de Nostradame, oder auch Michel de Nostre Dame (1503-1566) war Apotheker, Arzt und Astrologe, wurde durch seine prophetischen Gedichte berühmt, den sogenannten Centurien. (Wikipedia)

wegischen Malers Edward Munch, um formal die bildnerische Darstellung eines akustischen, gefühlsbeladenen Ereignisses seiner jeweiligen Klasse zu demonstrieren. In analoger Weise faszinierten ihn offensichtlich die zahlreichen Versuche der Menschheit, zukünftiges Geschehen vorherzusagen. Uttermöhlen verstand es, im Unterricht während seine Schüler sich auf ihren Zeichenblöcken mit dem gestellten Thema abmühten, sie mit eklatanten Beispielen der Prophetie zu unterhalten. Das waren unter anderen die in Trance über einer Felsspalte weissagende Pythia, Priesterin des Orakel von Delphi, oder die bedauernswerte Kassandra, die Tochter des trojanischen Königs Priamos, deren Weissagungen niemand glauben wollte, oder eben mit Vorliebe der besagte Nostradamus. Mit Proben seines speziellen Wissens wußte dieser kauzige Uttermöhlen John und Moritz in den Pausen ihrer Morse-Trommelei zu unterhalten. Es sei aber auch erwähnt, daß auf seine Anregung hin John in die Deckel der blauen Abfalltonnen Cent-große Löcher bohrte und damit den akustischen Effekt der Trommelei sehr erhöhte.

Ortwin hatte schon längst mitbekommen, mit welchem Eifer Moritz täglich mit John und Uttermöhlen zusammenhockte, und wollte neugierig Näheres wissen. Moritz erzählte mit großer Begeisterung davon, wie und daß man die Zukunft vorhersa-gen könne; mit noch größerer Emphase berichtete er aber über seine Erfolge, sich per Trommeln mit John zu verstän-digen. Ortwin hörte seinem Sohn beruhigt zu und fühlte sich nur bemüßigt, etwas zu dem Prophezeien der Zukunft zu sagen. Moritz kannte seinen Vater gut genug, um zu wissen, daß jetzt bei ihm der beleh-rende Lehrer die Oberhand gewann, und hörte ihm als braver Sohn geduldig zu. Ortwin holte gedanklich weit aus: daß die Menschen seit jeher versucht hätten, die

Zukunft vorherzusehen und dazu auch sehr skurrile Methoden angewandt hätten; daß es zum Beispiel bei den Römern Brauch war, aus der Lage und dem Zustand der Innereien geschlachteter Tiere Rückschlüsse auf die Zukunft zu ziehen; daß sich die Fürsten im Mittelalter eigene Astrologen hielten, um aus dem Stand der Gestirne zueinander Rückschlüsse auf die Zukunft zu ziehen und daß heute noch in den Heften der sogenannten Regenbogenpresse diese Tradition in den wöchentlichen Horoskopen auf der Grundlage des Standes der Sternbilder fortgeführt werde. Uttermöhlen, der sich Ortwins Suada mit anhören mußte, schnaubte vor Protest und entfernte sich empört ob dieser Nichtachtung.

In diese heikle Situation platzte Kapitän Solms mit der Frage an Moritz, ob er vielleicht dabei helfen könne, die Brigg zur Ankunft in Sassnitz über die Toppen mit Wimpeln zu schmücken. Moritz war über diese Unterbrechung sehr froh. Die folgenden Aktionen blieben nicht unbeobachtet; die beiden Finnen Mika und Aleksis befanden sich wie gewohnt im Heck der Brigg, lehnten mit dem Rücken an der Reling mit aufgestützten Ellenbogen und sahen interessiert zu, wie Moritz die Leine mit den Wimpeln Stück für Stück aus einem Jutesack klaubte, diese – wenn nötig – entwirrte und von einem Matrosen neben ihm am Hauptmast emporziehen ließ. Daß sein Sohn von diesen seltsamen Kerlen beobachtet wurde, entging Ortwin keineswegs.

Mit einbrechender Nacht kam Rügen in Sicht und damit der „Kulminationspunkt" der Ereignisse.

5. Sinbad hat Alles im Blick

Eigentlich war Sindbad nicht gerade eine Zierde der Menschheit in seiner schludrigen Kleidung und mit seinem langen struppigem Haar, ganz zu schweigen von seinem verfilztem Bart, aber er war ein Hafen-Faktotum, an das man sich gewöhnt hatte. Da er nichts Nennenswertes anzustellen schien und niemanden zur Last fiel, ließ man ihn gewähren. Allgemein war man der Meinung, daß er in der leerstehenden, ehemaligen Russenkaserne oberhalb des Hafens Unterschlupf gefunden habe. Zu Beginn der Sail 24 hatte Sindbad schon früh am Morgen auf der Ebene 7 des Parkhauses Posten bezogen; er stand ganz hinten in der Ecke, um das ganze Hafenbecken zu überblicken

Da war bereits die Brigg ROALD AMUNDSEN[22] vor Anker gegangen; sie lag etwa zwanzig Meter vom Kai entfernt und hatte ihre rotbraunen Segel gerefft; der Besanewer BERTA VON LASSAU[23], der Stagsegelschoner BALTIC BEAUTY[24] und die Seequatze TS ERNESTINE[25] dagegen hatten am Kai fest gemacht. Weiter vorn an der Mole hatten große protzige Luxusyachten festgemacht: nächst dem Leuchtturm am Ende der Mole lag ein besonders auffallendes Exemplar: eine ABSOLUTE 62 FLY unter der Flagge von Belarus.

---

22 Aus Eckernförde, gebaut 1952 als Hochseelogger und seit 1992 als Brigg, Gesamtlänge von 49,80 m, Breite von 7,20 m, Segelfläche von 850 qm auf 18 Segel
23 Baujahr 1910, Länge 18,30 m, Segelfläche 147,50 qm
24 Ursprünglich als Eelfenny 1926 in Holland gebaut, 1988 zum Schoner umgebaut, segelt heute unter polnischer Flagge, Länge 40 m, Breite 4,95 m, Segelfläche 345 qm
25 Erbaut 1898, Länge 23,30 m. Breite 5,20 m, Segelfläche 200 qm

Um sie herum wuselten die privaten Seegler am Steg und taten alle sehr geschäftig. Eine hin- und herwogende Menschenmasse war zum Gaffen und Photographieren per Handy zu dieser für Touristen frühen Stunde doch schon gekommen. Beim Anblick der Windjammer wurde es dem sonst so abgebrüht erscheinenden Sindbad weh ums Herz, wurde er doch an seine Lehrjahre auf einem Dreimaster erinnert.

Aus seinen sentimentalen Erinnerungen wurde Sindbad durch eine Störung dort unten auf dem Kai gerissen: ein Gabelstapler der Firma Kisten-Karl mußte zu dieser unpassenden Zeit eine stattliche Kiste anliefern und pflügte - bildlich gesprochen – durch die Menschenmenge, die schimpfend und nur zögerlich Platz machte. Auf Höhe der ROALD AMUNDSEN blieb der Gabelstapler mit seiner Kiste stehen und machte durch lautes Hupen auf sich aufmerksam. Sindbad sah, wie von der Brigg aus, durch Zeichensprache die Übernahme der Kiste verweigert wurde. Als schließlich noch der Hafenkapitän Ronald Damp auftauchte und mit dem Fahrer des Gabelstaplers gesprochen hatte, setzte sich der Gabelstapler wieder in Bewegung und setzte seine Kiste unterhalb von Sindbad an der Westseite des Parkhauses dicht an der Stützmauer des Abhangs auf dem dortigen Parkplatz ab. Als der Fahrer des Gabelstaplers ausstieg, um die Spanngurte von der Kiste zu lösen, erkannte ihn Sindbad sofort: Das war doch dieser wortkarge Kerl von Kisten-Karl, der sich Igor oder Gregor oder so ähnlich nannte. Sindbad beschloß, sich diese Holzkiste bei Gelegenheit näher anzusehen.

Sindbad wurde von seinen Beobachtungen abgelenkt, da jetzt die Jazzband Marching Saints im Rahmen des Hafenprogramms loslegte, was die Verstärker hergeben konnten. Sindbad wollte die Gunst des Augenblicks, wo Aller Augen auf die Jazzband gerichtet waren, nutzen und stieg hinunter zu der abgestellten Kiste. Sie überragte ihn wohl um etwa einen Meter, war fest verfugt, so daß Sindbad nicht hineinlinsen konnte, und trug einen Aufkleber mit dem Absender: offensichtlich eine Firma in Vietnam. Doch einen Empfänger konnte Sindbad nicht entdecken: er klopfte die ihm zugewandte Holzfläche vorsichtig ab; der dumpfe Widerhall sprach dafür, daß die Kiste voll bis oben war.

Hier war für Sindbad momentan nichts zu holen und er wandte sich wieder den Schiffen zu Dort geschah etwas: An der Brigg wurde mittschiffs ein Fallreep heruntergelassen und nacheinander verließen zwei Männer in dunkelblauen Anzügen das Schiff. Sindbad drängte sich durch die Menge und konnte gerade noch sehen, wie die Schaluppe mit den zwei Männern den Bereich der Segler verließ und Kurs auf die mondäne Yacht aus Belarus nahm.

Gleichzeitig mit Sindbad schaute Ortwin der Schaluppe nach, allerdings mit sehr gemischten Gefühlen; er war natürlich froh darüber, daß diese zwei dubiosen Finnen endlich das Schiff verlassen hatten, bezweifelte aber gleichzeitig, daß er und sein Sohn jetzt vor ihnen sicher sein sollten. Fürwahr, ein umsichtiger Vater!

Es liegt in der menschlichen Natur, daß diese latenten Befürchtungen im Trubel des Hafenfestes Sail 24 in den Hintergrund gedrängt wurden. Ortwin hatte große Mühe, seinen Sohn Moritz zu „bändigen"; er wollte runter von dem jetzt uninteressanten Schiff und hinüber zu den ausgelassen feiernden Menschen. Sindbad war inzwischen auf das oberste Deck des Parkhauses zurückgekehrt und sah Moritz auf dem Deck der Brigg irgendwie ziellos herumrennen; hin und wieder stieß er auf einen schlanken, blonden Mann – wahrscheinlich sein Vater - , der heftig auf ihn einzureden schien; er hatte offensichtlich wenig Erfolg, denn immer wieder entwich ihm sein mutmaßlicher Sohn mit einem trotzigen Fuß-Auf-Stampfen. „Na, dem würde ich aber Mores lernen!" brummelte Sindbad in seinen Zottelbart.

Doch Moritz sollte an diesem Tag noch Glück haben oder theologisch ausgedrückt „Mit den Schwachen ist Gott"[26], denn als am Abend gegen 19.30 Uhr der DJ Maik Juch loslegte und sein Wirken laut Programm bis Mitternacht andauern sollte und an Schlafen bei dieser Dezibelzahl sowieso nicht zu denken war, gab Ortwin schließlich nach und Sindbad sah Vater und Sohn zum Hafenfest übersetzen. Sindbad wollte jetzt auch zuse-

---

26 2. Korinther 12:9

hen, daß er noch etwas zu essen bekam, und ging über das Parkdeck zur
östlichen Ausfahrt gegenüber der ehemaligen Russenkaserne, wo er seinen
Unterschlupf hatte; er war ja seit dem
gelungenen Clou auf dem Parkplatz der
Villa Anna eigentlich finanziell ver-
sorgt[27], versuchte aber sein Aussehen
und seinen Lebensstil nicht zu sehr zu
verändern, um nicht aufzufliegen. Auf
der mit Feldsteinen gepflasterten Ser-
pentinenstraße zum Hafen hinunter war
aufgrund des Hafenfestes trotz der
Abendstunde ungewöhnlich starker Au-
toverkehr und ein starker Zustrom von
Fußgängern. Unter ihnen entdeckte
Sindbad den ihm bekannten Gregor, der
bei Kisten-Karl Fahrer eines Gabelstaplers war, heute aber „gut bürgerlich"
eingehakt mit einer recht stattlichen Frau
seines Alters daherkam. Martha war sehr
stolz, daß sie öffentlich demonstrieren

---

27 Siehe Holger Nielsen „Tödlicher Sturz von den
    Kreidefelsen" 2024, BoD

konnte, nach dem peinlichen Verschwinden ihres Ex wieder liiert zu sein; Gregor beschäftigte immer noch dieser seltsame Auftrag vom Vormittag, die große Holzkiste aus Vietnam an die Brigg ROALD AMUNDSEN unbedingt sofort auszuliefern und dann die seltsame Verweigerung der Annahme. Sindbad blieb neugierig stehen und folgte dem Paar mit seinen Blicken, was bei dem Menschengewimmel garnicht so leicht war. Die Beiden suchten sich im Außenbereich der Gaststätte Kutterfisch einen freien Strandkorb zum Essen. Sindbad war ihnen vorsichtig zögerlich gefolgt – in dem abendlichen Dämmerlicht fiel er mit seinem schäbigem Outfit nur Wenigen auf - und erlebte dann etwas, was genau so unerklärlich war wie das sprichwörtliche Fallen einer geschmierten Schnitte fast immer auf ihre Butterseite: Gregor und seine Begleiterin – natürlich seine Martha – saßen kaum in ihrem Strandkorb, als Ortwin mit seinem

Sohn auftauchte; beide balancierten bereits ihre Essen auf Tabletts durch die Menge, suchten nach freien Plätzen und strebten dann ausgerechnet auf den Strandkorb der Beiden zu. Ehe Gregor darauf reagieren konnte, hatte Martha schon freizügig und neugierig Ortwin und Moritz die beiden noch freien Stühle angeboten. Ohne daß es den Beteiligten bewußt war, war es schon eine bizarre Situation: die Kontrahenten einer blutigen, beinahe tödlichen Auseinandersetzung[28] vor rund zwanzig Jahren hier im Sassnitzer Hafen saßen heute friedlich zusammen an einem Tisch. Moritz setzte sich unbefangen und widmete sich sogleich seinen Fischstäbchen und Fritten. Gregor indes betrachtete die Ankömmlinge mißtrauisch und flüsterte dann Martha zu: „Кажется, я уже видел этого парня!"[29] (Gregor und Martha hatten sich angewöhnt, sich auf Russisch zu unter-

---

28 Siehe Holger Nielsen „Wer, wenn nicht er" 2011, BoD
29 = „Ich glaube, den Kerl habe ich schon mal gesehen!"

halten, wenn neugierige Ohren sie nicht verstehen sollten.) Martha wollte sich den Abend nicht verderben lassen und fauchte zurück: "Не будь таким, они милые люди!³⁰" Aus sicherer Entfernung beobachtete Sindbad die Vier; an ihren Gesten und ihrem Mienenspiel konnte er Einiges ablesen; ihm entging nicht, daß zwischen ihnen „nicht eitel Sonnenschein" herrschte. Martha versuchte nett zu sein und redete auf Moritz ein; doch der war nur an seinen Fritten interessiert. Dies war einer der wenigen Augenblicke, wo Ortwin mit der Maulfaulheit seines Sohnes zufrieden war; der Kontakt mit diesem ältlichen Pärchen gefiel ihm überhaupt nicht. Er hatte sehr deutlich gehört, daß die Beiden sich in einer osteuropäischen Sprache unterhalten hatten. So war es ihm Recht, daß Moritz mit dem Essen fertig war, und sie gehen konnten. Sindbad, in einiger Entfernung auf Posten, fühlte sich bestätigt: wirklich

---

30 = „Hab dich nicht so, sind doch nette Leute!"

gemocht hatten die sich nicht!

Im Gehen absolvierte Ortwin seinen täglichen Anruf bei Luise. Von seinen Befürchtungen erzähle er ihr nichts und hörte sich geduldig die Neuigkeiten über Lasse und Merle an. Es war Zeit auf die sichere Brigg zurückzukehren, fand Ortwin und Moritz folgte ihm satt und zufrieden. Sie drängelten sich durch die Menge zur Stelle, wo das Beiboot der Brigg am Kai vertäut war. Als sie über das Fallreep an Bord gingen, beobachteten sie Aleksis und Mita durch Nachtgläser von der Hochseeyacht aus. Von Land her wummerten die Bässe der Disco-Anlage über das Hafengelände.

Auch Sindbad sah Ortwin mit Moritz auf die Brigg klettern. Wie üblich hatte er sich nach Geschäftsschluß beim Kutterfisch die übrig gebliebenen Fischbrötchen geschnorrt und saß jetzt kauend im

Windschatten des ehemaligen Kühlhauses. Er war sehr zufrieden mit sich, was er heute mitgekriegt hatte: Es könnte sich lohnen, die neben dem Parkhaus abgestellte Transportkiste aus Vietnam im Auge zu behalten. Mit diesen Gedanken knüllte er die leere Fischbrötchen-Tüte zusammen, warf sie in den nächsten Papierkorb und trollte sich dann zu seinem Unterschlupf in der ehemaligen Russenkaserne. Das Schlafen bei den lauten Beat-Klängen würde bestimmt schwierig werden.

6. Unverhofft kommt oft

Großes stand bevor; am Nachmittag sollte die offizieiie Begrüßung der Traditionssegler, die „Captain`s Reception" stattfinden. Moritz stellte sich offenbar etwas Großartiges darunter vor und quengelte bei seinem Vater und Kapitän Solms so lange, bis beide nachgaben unter der Voraussetzung, daß Ortwin als Begleitung dabei sein sollte. Bis zum Nachmittag hatte Ortwin seinen Sohn soweit ausstaffiert, daß er ihn getrost in der Gruppe der uniformierten Matrosen der Brigg präsentieren konnte. Es wurde beschlossen, daß während der Zeremonie nur John sozusagen als „Stallwache" auf der Brigg zurückbleiben sollte. Kurz nach 16.00 Uhr setzten sie in mehreren Schüben in dem Beiboot von der Brigg zu den Kaianlagen über.

Moritz war an diesem Tag besonders

zappelig und eigensinnig. Er hatte offensichtlich vollkommen falsche Vorstellungen darüber, was auf dieser „Captain`s Reception" passieren sollte. Auch Ortwins beruhigende Worte nützten nichts, sein Sohn Moritz wollte partout schon jetzt an den Ort der kommenden Ereignisse. Als sie vor den noch leeren Stuhlreihen standen, ging Moritz selbstbewußt in die erste Reihe und setzte sich genau vor das Rednerpult; seinen Vater wollte er neben sich haben. So kam es dazu, daß die Beiden zu Beginn der Feierlichkeiten mitten unter den Sassnitzer Honoratioren saßen. Zu Beginn legte voll Inbrunst der Shantychor Sassnitz los. Geschäftig wuselten der Stadtarchivar Dr. Biederstaedt und der Photograph der Ostseezeitung mit ihren Photoapparaten vor der Bühne hin und her, um die beste Position für ihre Aufnahmen zu ergattern Dann trat der Hafenkapitän Ronald Damp ans Mikrophon und eröffnete die Capitain`s Reception; es folgte ein Grußwort des Bürgermeisters Kräusche. Ortwin bemerkte, wie sein Sohn neben ihm zusehends unruhig wurde, weil er sich langweilte. Schließlich ließ sich Moritz vom Stuhl rutschen, flüstere seinem Vater zu, daß er nach hinten zu den Matrosen wolle, und war – ehe Ortwin ihn aufhalten konnte – ihm entwischt. Aufgrund seines Sitzplatzes in der ersten Reihe wollte Ortwin möglichst wenig Aufhebens von der Eigenwilligkeit seines Sohnes machen und hoffte, daß Moritz hinten bei den Matrosen schon Ruhe geben würde. Aber weit gefehlt, Moritz hatte die ganze Veranstaltung satt und trollte sich zum Hafenbecken. Da lag so verlockend das Beiboot der Brigg vertäut und drüben auf der Brigg langweilte sich sicher sein schwarzer Freund John, daß Moritz garnicht anders konnte, als in das Beiboot zu steigen und hinüber zur Brigg zu rudern.

Moritz wäre sicher nicht so unbeschwert

und beinah fröhlich gewesen, wenn er – eingedenk der Ermahnung seines Vaters – gesehen hätte, daß zur gleichen Zeit drüben an der Mole ein Schlauchboot mit zwei Männern von der protzigen Hochseeyacht ablegte. Er tändelte jedoch etwas ziellos auf Deck herum, weil er vor John Schiss hatte, schon so früh und vor allem allein zurück zu sein. John hatte ihn schon längst entdeckt und kannte Moritz gut genug, um sich seinen Teil denken zu können; er rührte sich nicht von der Stelle und wartete ab, wie Moritz ihm seine seltsam frühe Rückkehr ohne Begleitung erklären wollte. Aber John sollte dies nie erfahren.

Bei der Captain`s Reception war gerade Pause, als Ortwins Handy klingelte. Es war Luise und sie wollte Moritz sprechen. Ortwin drehte sich um und streckte sich, ob er Moritz entdecken könnte. Das war nicht so einfach, da die meisten aufgestanden waren und ihm die Sicht nach hinten verdeckten. Also drängte Ortwin nach hinten zu den Stuhlreihen durch, wo die Matrosen der Brigg gesessen hatten. Aber Ortwin hatte keinen Erfolg: ein Teil der Matrosen war schon gegangen und die anderen hatten Moritz nicht gesehen. Ortwin sagte Luise, daß er weiter nach Moritz suchen müßte, und ärgerte sich über den eigenwilligen Schlingel.

Moritz hörte es am Fallreep rumoren und freute sich, daß er vielleicht um das Belügen von John herumkam. Neugierig beugte er sich über die Reling – und fuhr erschreckt zurück: dicht vor ihm war die Visage von Aleksis aufgetaucht. Jetzt gab es kein Halten mehr; laut schreiend raste Moritz auf Johns Funkerbude zu. Aleksis kletterte über die Reling auf Deck und kam in langen, schleichenden Schritten hinterher. Ehe er noch den letzten Vorbau umrundet hatte und in Sicht gekommen wäre, hatte John Moritz bei den Schultern ergriffen und mit Schwung in den Verschlag für die blauen Tonnen bugsiert. Als Aleksis mit suchendem Blick vor dem Verschlag auftauchte, saß John auf einer der blauen Tonnen mit baumelnden Beinen und hielt in der rechten Hand eine Eisenstange mit Kuhfuß[31]. Aleksis stutzte und brachte nur heraus: „Wo kleiner Junge?" John schnaubte wütend, sprang von der Tonne herunter, machte ein paar drohende Schritte auf Aleksis zu und brüllte ihn an: „Froutez le camp d'elle, vous n'avez rien à faire ici ! Qui vous a permis de monter à bord ? Par les varices de ma grandmère, vous serez maudits si vous ne partez pas !"[32] und stampfte dazu mit seiner Eisenstange auf die Bohlen des Decks. Mit der Eisenstange in der Hand rückte John mit abgewinkelten Armen

---

31 Kuhfuß = Werkzeug zum Herausziehen eingeschlagener Nägel

32 Macht euch vom Acker, Ihr Pissnelken! Wer hat Euch erlaubt, an Bord zu kommen? Bei den Krampfadern meiner Großmutter verschwindet hier!

und breitbeinig mit wild rotierenden Augen und breit gefletschten Zähnen – insgesamt wie ein Voodoo-Priester in Ekstase – dem zurückweichenden Aleksis nach; in Johns Innern sah es längst nicht so martialisch aus; er wollte nur in Reichweite bleiben für den Fall, daß dieser Finne doch noch seine Pistole zücken würde. Dann wollte er sie ihm mit der Eisenstange einfach aus der Hand schlagen. Aber zum Äußersten kam es nicht; das ungleiche Paar rückte Schritt für Schritt auf die Reling und das Fallreep zu. Als Aleksis dort verweilen wollte, hielt ihm John unmißverständlich den Kuhfuß unter die Nase und zwang ihn so zum Abstieg über das Fallreep und zum Verlassen der Brigg.

Kaum war Aleksis vom Deck verschwunden, stellte John die Eisenstange beiseite, holte sein Handy aus der Tasche und rief nacheinander Ortwin, die Polizei in Sassnitz und dann einen Kumpel in Sagard – einen Subunternehmer von Remondis – an. Die ersten Beiden informierte er über den gescheiterten Kidnapping-Versuch und den Kumpel aus Sagard bat er eindringlich, noch heute die Küchenabfälle von der Brigg abzuholen. Es dauerte nicht lange und Ortwin kam mit den ersten Matrosen zurück auf die Brigg. Ortwin eilte zu John und beide verschwanden in der Funkerbude, wo John Ortwin über die Ereignisse unterrichtete. Danach rief Ortwin seinerseits die Polizei an und meldete an, daß er seinen Sohn Moritz vermisse. Von dort bekam er die auch aus dem Fernsehen sattsam bekannten Äußerungen, daß es für die Aufnahme einer Vermißtenmeldung noch zu früh sei, sein Sohn würde sicher in den nächsten vierundzwanzig Stunden wieder auftauchen; wenn nicht, würden sie dann tätig werden. Doch Ortwin beharrte mit Hinweis auf den Kidnapping-Versuch auf der Annahme seiner Vermißtenmeldung.

John beschäftigte sich inzwischen seltsamerweise mit seinen blauen Plastiktonnen für Küchenabfälle; mit einem Matrosen breitete er neben ihrem Verschlag ein großmaschiges Netz aus, holte fünf Plastiktonnen aus dem Verschlag und gruppierte sie auf dem Netz. Mit Genugtuung sah Ortwin einen Polizeiwagen mit Blaulicht die Hafenmole hinunterfahren bis zur Hochseeyacht aus Belarus. Für John war es wichtiger, daß drüben auf dem Kai sein Kumpel aus Sagard bereits wartete. Das Netz nahmen sie über den fünf Tonnen zu einem Büschel zusammen und befestigten es an einem Ladebaum. Ehe der Matrose die Tonnen im Netz hochgehievt hatte und per Ladebaum am Kai absetzen konnte, war John das Fallreep hinuntergeeilt und zum Kai übergesetzt. So konnte er dort die Tonnen in Empfang nehmen und bei ihrer Verladung in den Lieferwagen mit Hand anlegen. Ortwin beobachtete das ganze Manöver mit ernster Miene vom Deck der Brigg aus.

Wie mit Ortwin verabredet, stieg John mit in den Lieferwagen ein. Sie fuhren aufgrund der vielen Menschen auf dem Hafenfest vorsichtig fast im Schritt auf dem Kopfsteinpflaster der Serpentine die Hafenstraße hinauf bis zur Hauptstraße, bogen da aber nach rechts Richtung Königsstuhl ab. John war seltsam fröhlich und angespannt gleichzeitig und trommelte auf der Innenverkleidung des Lieferwagens seltsame arhythmische Takte. Auf halber Strecke gab John dem Fahrer des Lieferwagens ein Zeichen und ließ ihn ziemlich abrupt nach Promoisel[33] abbiegen. Dort hielten sie vor einem Grundstück, dessen hochherrschaftlichen Zeiten schon längst vorüber waren. Sie wurden schon erwartet; ein Mann in grünem Loden öffnete die Tür und zwei stattliche Dobbermänner

---

33 Promoisel wird 1250 als Eigentum des Klosters Bergen genannt und somit nach der Reformation Domäne. 1821 verkaufte der Fiskus zehn Höfe und Anwesen an einzelne

drängten sich an ihm vorbei und be-
grüßten die Ankömmlinge auf ihr Weise
durch intensives Beschnuppern. Als
John mit dem Fahrer des Lieferwagens
zwei der blauen Plastiktonnen ins Haus
tragen wollten, kamen sie kaum voran,
so sehr interessierte sich einer der beiden Dobbermänner für eine der beiden
blauen Tonnen. Er gab erst wiederwillig
Ruhe, nachdem ihn sein Herrchen
barsch zurecht gewiesen hatte. Auch
dann noch sah er sein Herrchen scheel
an, als könne er dessen Desinteresse an
der blauen Plastiktonne nicht verstehen.
Schließlich wurden die beiden blauen
Plastiktonnen vorsichtig in dem geräu-
migen Hausflur neben einem grauen Me-
tallschrank – mutmaßlich ein Schrank für
Jagdgewehre – abgestellt. Die zwei
blauen wurden gegen zwei grüne Tonnen aus dem Haus ausgetauscht. Wie
zum Abschied trommelte John auf einer
der blauen Tonnen ein paar Takte. Die
ganze Aktion dauerte nur eine knappe

Stunde. John ließ sich auf der Hauptstraße an der Einmündung der Hafenstraße absetzen und ging zu Fuß zum hell erleuchteten Hafen hinunter. Es herrschte ein starkes Kommen und Gehen, so daß John die meiste Zeit auf der Fahrbahn gehen mußte. Sogar ein Rollstuhlfahrer war zu dieser späten Stunde noch unterwegs; die blonde Gitti mühte sich auf der abschüssigen Hafenstraße mit dem Rollstuhl ab, wobei ihr dessen „Insasse"- ich, der Autor – offenbar nur wenig Unterstützung bieten konnte.

Gegen 23.00 Uhr endete das Hafenfest für heute mit einer grandiosen Lasershow. Zwei Stunden später wurde die Stille der Nacht von einem lauten Knall zerrissen und die ominöse Transportkiste aus Vietnam unten im Hafen neben dem Parkhaus ging in Flammen auf. Kurz darauf heulte die Sirene und die Sassnitzer Feuerwehr rückte zum Löschen aus.

7. Warum denn ich?

Am frühen Morgen des nächsten Tages lief ein Gerücht in Sassnitz um. Die durch den nächtlichen Feuerwehralarm geweckte Neugier suchte nach Futter; es genügte nicht, nur zu wissen, wo und warum es gebrannt habe, sondern vielmehr wer daran Schuld wäre und ob man ihn schon festgenommen habe. Es war später nicht zu klären, wo die „undichte Stelle" gewesen war; aber es ist anzunehmen, daß es bei einem der typischen nachbarlichen Gesprächen über den Zaun ausgeplaudert worden ist: In der Nacht war nicht nur eine Transportkiste explodiert und total ausgebrannt, sondern die Feuerwehr habe auch in der Asche eine gänzlich verkohlte menschliche Leiche gefunden. Per Handy breitete sich diese aufregende Neuigkeit rasend schnell in Sassnitz aus und erreichte so auch die Leute auf der Brigg.

Ortwin war schon lange wach; er hatte schlecht geschlafen; die Sorgen um Moritz hatten ihn nicht zur Ruhe kommen lassen. Am Morgen hatte er mit Verwunderung festgestellt, daß die weiße Luxushochseeyacht aus Belarus nicht mehr an der Mole vertäut war, sondern jetzt weit draußen in der Prorer Wiek[34] vor Anker lag. Stirnrunzelnd überlegte er, was das zu bedeuten habe, fand es auf jeden Fall schon besser, daß dieses Schiff nicht mehr im Sassnitzer Hafen lag. Es ist schon erstaunlich, an was sich der menschliche Intellekt klammern kann, um sich selbst zu beruhigen. In diesem Augenblick erreichte auch Ortwin die Nachricht von der verkohlten Leiche im Hafen. Voller Schreck wußte er momentan nicht, was er zuerst tun sollte;

---

34 Die Prorer Wiek ist eine der Nehrung Schmale Heide vorgelagerte Ostseebucht zwischen der Halbinsel Jasmund und der Granitz auf der Insel Rügen. Sie liegt, wie auch die Schmale Heide in einem alten Gletscherzungenbecken der letzten Eiszeit zwischen den Inselkernen Jasmund und Granitz. Der Name leitet sich von der *Prora*, einer bewaldeten Hügelkette im südlichen

nervös rief er die Polizei an und verlangte mit Verweis auf seinen seit gestern vermißten Sohn, sofort die Leiche im Hafen zu sehen. Doch er wurde abgewiesen; die Leiche sei nocht freigegeben, weil die KTU[35] noch nicht abgeschlossen sei, im Übringen solle er sich bewußt werden, ob er einen solchen Anblick überhaupt ertragen könne. Darauf fragte Ortwin Kapitän Solms um Rat; der sah ihn seelenruhig lange an und riet ihn dann, er solle Ruhe bewahren, denn es würde sich schon alles aufklären. In dieser niedergeschlagenen Stimmung kam John auf Ortwin zu, der ihn ungläubig, aber erleichtert anstarrte, als John ihm mit Bestimmtheit mitteilte, er habe angerufen und es sei Alles in Ordnung.

Als gegen Mittag Alle wieder zum Essen um den langen Tisch versammelt waren und eine eigenartig gedrückte Stimmung herrschte, platzte in diese Stille die

35 KTU = kriminaltechnische Untersuchung

Nachricht einer adhoc abgehaltenen Pressekonferenz zum ungeklärten Todesfall im Sassnitzer Hafen: Es war festgestellt worden, daß das Opfer mit an Sicherheit grenzender Wahrscheinlichkeit schon vor Ausbruch des Feuers tot war, daß es sich um einen Menschen asiatischer Provenienz handele und daß es sich mit Sicherheit um eine Frau von ungefähr 1,70 m Größe gehandelt habe. Hajo Wittkowski, der Barkeeper aus Bielefeld, aß ungerührt weiter und ließ nur ein genuscheltes „Na bitte!" hören. Das Ehepaar Krämer aus Dresden dagegen ließ synchron Gabel und Messer sinken und war erstmal stumm, bis Frau Krämer vollkommen unpassend im breitesten Sächsisch verkündete „Isch didsch meen Ränfti!"[36] Ortwin war wieder einmal enttäuscht und gleichzeitig entsetzt über das mangelnde Mitgefühl seiner Mitmenschen; keinem von ihnen schien seine Angst und Sorge um seinen Moritz in

---

36 = Ich tunke meine Brotkante in die Soße!

den Sinn zu kommen. Doch der wuselige Uttermöhlen sollte ihn eines Anderen belehren; der alte Mann war mit seinem Mittagessen fertig und jetzt dabei, mit großer Sorgfalt und nervenraubender Langsamkeit eine Banane zu schälen. Dabei erkundigte er sich plötzlich bei Ortwin, ob sich sein Moritz wieder angefunden habe. Es tat Ortwin ungemein wohl, daß endlich ein Mitmensch an seinen vermißten Moritz dachte, war glechzeitig nicht gewillt, seine Gefühle und Sorgen hier am Tisch *coram publico*[37] auszubreiten. Uttermöhlen nahm das nicht krumm, sondern machte sich jetzt daran, die von ihrer Schale befreite Banane mit Messer und Gabel in mundgerechte Stücke aufzuteilen und diese dann zu verspeisen. Als jetzt auch noch der wenig feinfühlige Hajo Wittkowski sich zu Worte meldete und völlig unpassend danach fragte, ob man denn schon wisse, wer die Kiste angesteckt habe;

---

37 Coram publico = öffentlich, vor aller Ohren

schließlich sei das die entscheidende Frage dafür, ob die Versicherung für den Schaden aufkommen müßte. Ortwin war von dieser Denkweise geradezu angewidert und fassungslos: Wie konnte man diesen tragischen Vorfall so herzlos auf die finanzielle Seite des Schadenersatzes und der Schuldfrage reduzieren; das erinnerte ihn schmerzhaft an die gefühllose Frage eines Bekannten, dem er eine hüfthohe Holzplastik zeigte, an der er gute zwei Jahre geschnitzt und dabei viel eigene Intuition zum Ausdruck gebracht hatte, ob es dafür einen Markt gebe und wieviel Geld er dafür bekommen würde. Das war derselbe, der Ortwin wiederholt aufgefallen war, wie er beim Lesen der Speisekarte guter Speiselokale ob der geforderten Preise stereotyp immer von der mangelhaften Kosten-Nutzen-Relation faselte und damit den Besuch des betreffenden Speiselokals ablehnte. Bar jeder Ahnung von exzellenter Kochkunst konnte er aber die gleichen Mahlzeiten bei privaten Einladungen mit großer Gier verzehren, wahrscheinlich weil sie ihm nichts kosteten.

Aus seinem Sinnieren über die Eigenarten seiner Mitmenschen wurde Ortwin durch das Klingeln seines Handys herausgerissen. Es war Luise; bevor sie nach Moritz fragen konnte, begann Ortwin weitschweifich von der Explosion der Holzkiste und ihrem totalem Verbrennen und dem anschließenden Fund der völlig verkohlten Leiche zu erzählen. Er verstand es Luisens Neugier so zu wecken, daß er auf das seltsame Verschwinden von Moritz nicht eingehen, geschweige denn es überhaupt erwähnen mußte. Die wabernde Geräuschkulisse des Hafenfestes kam ihm dabei zupaß. Wahrscheinlich assoziierte Luise mit diesem Getöse von Disco-Musik und Lautsprecheransagen, daß ihr Moritz auf dem Hafen-Fest seinen Spaß haben werde. Ortwin war sehr erleichtert, als er das

Gespräch mit Luise ohne Lüge hinter sich gebracht hatte. Ganz wohl war ihm dennoch nicht dabei.

Inzwischen waren mehr als vierundzwanzig Stunden seit dem Verschwinden von Moritz vergangen und diese Zeitspanne war für die örtliche Polizei hinreichend, um nun ihrerseits tätig zu werden. Dazu war eine eingehende Befragung der Beteiligten unerläßlich. Da sich diese sich alle an Bord eines Schiffes befanden und die Zuständigkeiten im Amtsverkehr genau geregelt sind, wurde die Wasserschutzpolizei von der örtlichen Polizei um Amtshilfe gebeten. So kam es dazu, daß nicht nur Ortwin, John und Kapitän Solms, sondern sich alle derzeit auf der Brigg Anwesenden der „peinlichen Befragung" unterziehen mußten, das bedeutete, es wurden auf etlichen Bogen Papier die Aussagen protokolliert, die aber in ihrer Summe die polizeilichen Ermittlungen der Wahrheit keinen Schritt näher brachten. Hätte es Eingeweihte gegeben, so wären denen sicher aufgefallen, wie „maulfaul" sich Ortwin und John bei der Befragung gebärdeten; Ortwin verfuhr nach der Methode, die wir schon von ihm kennen: er beantwortete brav die Fragen der Polizei, sagte aber kein Wort mehr; Hajo Wittkowski dagegen blühte geradezu auf: Er wußte wenig, redete aber umso mehr. Das Ehepaar Krämer verfolgte die entgegengesetzte Tour: Nichts gesehen und Nichts gehört. Schließlich waren die zwei Beamten der Wasserschutzpolizei überzeugt, daß sie ihrem Auftrag Genüge getan haben müßten und verließen die Brigg. Ortwin und John waren sehr erleichtert und zufrieden.

Die Mehrheit der auf dem Schiff Verbliebenden wollten den Rest des Tages noch nutzen und setzten zum Hafenfest über. Vom „Maritimen Frühschoppen am Nachmittag" mit Björn Lewin bekamen sie nur noch das Ende mit; dafür versprach ihnen das Programm aber noch das „Sassnitzer Trommelfeuer" und anschließend „The Real Voice alias Robert Hahn-Schofenberg". Ein Teil blieb in der gaffenden Menge vor der Bühne hängen, Ortwin und John aber sclenderten mit Hajo Wittkowski „im Schlepptau" hinüber zu den kümmerlichen Resten der verbrannten Transportkiste. Die Absperrbänder waren eingerollt und der „Tatort" und Umgebung damit frei zugänglich; die verkohlte Frauenleiche hatte man wahrscheinlich zur weiteren Untersuchung in die Pathologie geschafft. Hier am Tatort trafen sie auf Sindbad, der mit einem verbogenen Spannband in der Asche herumstocherte. Hajo wollte empört Sindbad vertreiben, doch John hielt ihn grob auf, indem er ihn an beiden Armen gepackt zurückhielt. Nach diesem unschönen Intermezzo begannen die Drei, ihrerseits den Brandort zu durchsuchen. Sindbad gefiel es nicht, länger zu bleiben, und trollte sich wortlos. Den Drei schwante langsam, daß ihr Unterfangen, hier noch etwas zu finden, reichlich unwahrscheinlich war. Aber plötzlich sah Ortwin etwas Gelbes in einer Fuge zwischen den Betonsteinen glänzen, bückte sich und begann in dieser Fuge mit einem Drahtstück zu polken. Hajo Wittkowski schaute Ortwin begierig über die Schulter. Schließlich stand Ortwin wieder auf und präsentierte John und Hajo in der flachen Hand einen kleinen goldfarbenen Käfer mit den Resten einer Halskette. John betrachtete das Tierchen genauer und meinte dann, daß es einen Scarabäus[38] darstellen sollte. Als Hajo nun mit seinem Wissen über den Pillendreher loslegen wollte, stoppte ihn John und drückte ihm das kleine Schmuckstück in die Hand mit der Aufforderung, endlich einmal etwas Nützliches zu machen und den kleinen Scarabäus bei der örtlichen Polizei abzugeben. Hajo wich

---

38 Scarabäus = Glückskäfer Scarabaeus sacer

zurück mit dem empörten Ausruf „Warum denn ich?" Ortwin und John sahen sich kopfschüttelnd vielsagend an und waren sich in ihrer Meinung über diesen Hajo einig.

Die weiße Hochseeyacht aus Belarus lag immer noch unverändert auf der Prorer Wiek vor Anker.

Das Trio Luise, Merle und Lasse hatten gegen Abend auf dem Kattegattleden[39] Kungsbacka erreicht, waren also schon kurz vor Göteborg.

---

39 Kattegattleden = Radwanderweg am Kattegatt

8. Eine Kiste von öffentlichem Interesse

Nachdem nun der Vorfall im Sassnitzer Hafen bei der örtlichen Polizei aktenkundig war, setzte sich das übliche Verfahren in Gang. Da man mit der Identifizierung der weiblichen Leiche wenig Erfolg hatte, begann man die Aufklärung des Falles sozusagen vom Rand her, nämlich mit den spannenden Fragen: „Warum stand die Transportkiste an dieser Stelle? Wer hat veranlaßt, daß sie dort abgestellt worden ist?" Da es sich um – wie es so schön heißt – ein laufendes Verfahren handelte und im Prinzip Alles von Belang sein konnte, war der Fund des Scarabäus-Anhängers ein sehr willkommenes Indiz, ja wofür? Der Überbringer Hajo Wittkowski war von seinem Naturell her auch nicht der Zeuge, der mit seiner Aussage mehr Klarheit in den Fall bringen konnte. Er plapperte Dinge über Ortwin und John aus, die nur annähernd der Wahrheit entsprachen und vorwiegend seiner persönlichen Voreingenommenheit entsprangen. So war es leider nicht verwunderlich, daß die Ausführungen des Herrn Wittkowski – bildlich gesprochen – bereitwillig von den befragenden Polizisten geradezu aufgesogen wurden; sie hatten ja bis jetzt so wenig! Außerdem war die logische Folge, daß sie Ortwin und John einbestellten.

Das paßte den beiden überhaupt nicht; sie hatten sich zwar nichts zu Schulden kommen lassen, aber reagierten gewissermaßen allergisch auf direkte Kontakte mit der Obrigkeit nach der Devise: „Coram indice et in alto mari sumus in manu Dei"[40].

---

40 = Vor Gericht und auf hoher See ist man in Gottes Hand. Laut Wikipedia in Juristendeutsch: Unter den in der

Um zehn Uhr sollten sie im Kommissariat vorsprechen. Als sie eine halbe Stunde vorher von Bord gehen wollten, war die weiße Hochseeyacht von der Prorer Wiek verschwunden; bis zum Horizont war nichts von ihr zu sehen.

Es war schon ein sehr ungleiches Paar, das da durch die Rügengalerie zur Bachstraße hinauf ging: der athletisch gebaute, schwarze John mit wiegendem Gang neben dem blonden, weißhäutigen Ortwin, bei dessen steifen, geraden Haltung man den langjährigen Pädagogen erahnen konnte. Sie bogen nach links in die Bachstraße ab und gelangten vorbei an einem Seniorenheim direkt zur Polizeiwache Sassnitz. Es roch nach Bohnerwachs und die Amtsräume waren wenig stimulierend zum Positiven. John und Ortwin wurden schon erwartet und von-

---

Bundesrepublik obwaltenden Verhältnissen von den Gerichten Gerechtigkeit zu erwarten, ist illusionär.

einander getrennt als präsumtive Zeugen vernommen. Obwohl John und Ortwin von verschiedenen Polizeibeamten befragt wurden, war der Verlauf ihrer Zeugenbefragung doch im Wesentlichen identisch, so daß es hier hinreicht, sie der Einfachheit halber summarisch wiederzugeben: Zunächst wurde – wie es sich gehört – ihre Identität festgestellt und in welchem Verhältnis sie zueinander und zu dem hier schon aktenkundigen Hajo Wittkowski ständen. Dann wollte man wissen, was in der fraglichen Transportkiste der Brigg am ersten Tag des Hafenfestes angeliefert werden sollte und warum die Annahme verweigert worden war. Darauf reagierten Ortwin und John unterschiedlich: Ortwin wies die Frage ab, indem er darauf verwies, keine Ahnung von den Belangen der Reederei der Brigg zu haben; John war da schon bedeutend bündiger, die Brigg sei ein Oldtimer-Vergnügungsschiff für Touristen und kein Lastenseegler alter

Provenienz. Die Polizei bekam also keine Hinweise auf den möglichen Inhalt der Transportkiste, ihren Absender und den Empfänger, viel weniger, warum sie explodiert und in Flammen aufgegangen war. Insofern war die Zeugenbefragung für die Polizei sehr ineffektiv; da sie keines Verursachers habhaft werden konnte, blieben ihnen nur eine Anzahl zur Zeit nicht sühnbarer Vergehen wie „unzulässige Lagerung von Gefahrgut" und in Bezug auf das Parkhaus „Gefährdung des öffentlichen (ruhenden) Verkehrs". Ein Ansatzpunkt für die Ermittlungen im Fall der Frauenleiche fehlte ihnen gänzlich; durch den Brand waren alle möglichen Spuren vernichtet worden, wie die KTU festgestellt hatte.

Der Polizeibeamte, der Ortwin befragte, ging nun, da er so wenig Erfolg in der „Kisten-Affäre gehabt hatte und der Vater ja vor ihm saß, auf dessen Vermißtenmeldung ein, was Ortwin sichtlich wenig behagte. Er mochte es nicht, daß nun möglicherweise auch noch das Verschwinden von Moritz mit diesem ominösen Mordfall verquickt werden sollte. Er spielte den Gleichgültigen und sah angelegentlich zum Fenster hinaus dem Treiben vor dem Seniorenheim zu, während der Polizeibeamte akribisch versuchte, ihm nahezubringen, wie weit (bzw. wenig) sie in dieser Angelegenheit in der Zwischenzeit gekommen wären; wobei sie auf die beiden Finnen noch garnicht gekommen waren. Im Endeffekt ging die ganze Zeugenbefragung wie das Hornberger Schießen[41] aus und alle Teilnehmer waren unzufrieden, jeder auf seine Weise.

Am frühen Montagmorgen – die Sonne

---

41 Die Wendung wird gebraucht, wenn eine Angelegenheit mit großem Getöse angekündigt wird, aber nichts dabei herauskommt und sie ohne Ergebnis endet. Bei dem genannten Ort handelt es sich um Hormberg im heutigen Baden-Württemberg (Wikipedia).

versteckte sich noch hinter dem Horizont – kurvte ein oliv-farbener Pickup um das ehemalige Kühlhaus im Sassnitzer Hafen und hielt direkt an der Stelle am Kai, wo das Beiboot der Brigg vertäut lag. Auf der Beifahrerseite des Pickup steckten die beiden wohlbekannten Dobbermänner ihre Köpfe zum Fenster hinaus und hechelten aufgeregt. Auf der Brigg wurden die frühen Gäste offensichtlich erwartet, denn John ließ sehr leise das Fallreep hinunter. Der Fahrer des Pickup in grünem Loden stieg aus, löste zwei blaue Plastiktonnen auf der Ladefläche aus ihren Halterungen und ließ sie an Stricken hinunter ins Beiboot. Dann wandte er sich wieder zu seinem Pickup um und schlug mit der flachen Hand auf das Dach des Fahrerhauses; auf dieses Kommando hin klappte die Tür auf und die beiden Dobbermänner sprangen aufjaulend heraus – und nach ihnen der

lang vermißte (?) Moritz. Der Fahrer um-
klammerte Moritz mit seinen Armen, hob
ihn auf und stieg so hinunter ins Beiboot.
Dort setzt er Moritz im Schutz der hohen
blauen Plastiktonnen ab und wriggte
sehr schnell hinüber zur Brigg.

Als sich der oben an der Reling warten-
de John prüfend zur Mole umwandte, sah
er, daß die vermaledeite weiße Hochseeyacht aus Belarus über Nacht an ihren
alten Liegeplatz an der Mole zurückgekehrt war; dafür hatte Ortwin jetzt keine
Augen, er wollte nur seinen Moritz in die
Arme schließen. Kaum hatte Ortwin seinen Moritz wieder, holte John das Fallreep ein; genauso schnell verschwand
der Pickup mit den Dobbermännern aus
dem Sassnitzer Hafen. Wer an diesem
frühen Morgen verschlafen um sich ge-
schaut hätte, konnte leicht davon überzeugt sein, nicht reales Geschehen erlebt
zu haben, sondern von einer flüchtigen

Fata Morgana[42] getäuscht worden zu sein. Von dem ganzen Manöver hatte niemand im Hafen etwas mitbekommen, meinte Ortwin.

Das große Willkommen-Trara gab es natürlich beim gemeinsamen Frühstück am langen Tisch. Kapitän Solms stellte Moritz in seiner gewohnten steif-trockenen Art als die Wiederkehr des verlorenen „Smutje" vor; sein verschmitztes Schmunzeln ging im Applaus unter. Ortwin waren solche gemeinschaftlichen Gefühlsausbrüche unangenehm, wenn nicht gar suspekt; ihm kam dann immer als Rechtfertigung für seine Antipathie die Zeile[43] „der

---

42 Das Wort „Fata Morgana" stammt aus dem 18. Jahrhundert und ist dem italienischen „Fee Morgana" entlehnt, ein Name aus der im Mittelalter in ganz Europa verbreiteten Artussage. Morgana bewohnte die mystische und für Sterbliche unerreichbare Insel Avalon. Dementsprechend wurde die Erscheinung einer nicht vorhandenen Insel in der Straße von Messina zwischen dem italienischen Festland und Sizilien mit ihr in Verbindung gebracht. (Wikipedia)

43 Aus Heinrich Heine „Belsazar"

Knechte Schar ihm Beifall brüllt" in den Sinn. Aber Ortwins Hang zum Sinnieren wurde gestoppt durch Äußerungen des Ehepaars Krämer, die für Nicht-Sachsen genauso unverständlich waren wie wenn John in den Dialekt seiner Heimat Kamerun verfiel. Als Beispiel sei nur erwähnt, daß Frau Krämer die Hände zusammenschlug und ausrief „Weeßgnebbschn"[44] und Herr Krämer brummelte „Do bin isch abbo bedräbbrd"[45]. Nach dieser folkloristischen Darbietung wollten Alle natürlich wissen, wo Moritz die vergangenen Tage über gesteckt habe. Moritz machte ihnen weiß, daß er auf eigene Faust von der Brigg abgehauen sei und eine sehr interessante Zeit bei einem Jäger in Promoisel, einem sehr kleinem Ort im Jasmund, verbracht habe. Moritz hatte mit seinem Vater abgesprochen, die tätliche Auseinandersetzung mit Aleksis nicht zu erwähnen; stattdessen erging sich Moritz in

---

44 = Na so was! oder: Schau mal einer an!
45 = Da bin ich aber erstaunt!

langatmigen Schilderungen von Wildbe-
obachtungen vom Hochsitz im Morgen-
grauen, bis Alle sichtbar genug davon
hatten.

Diese morgendliche Szene scheinbarer
Harmonie wurde vom Klingeln von Ortwins Handy unterbrochen. Es war Luise
und ihre Stimme war irgendwie angespannt. Ortwin ging vor die Tür, um unge-
stört mit ihr sprechen zu können. Jetzt,
wo Moritz wieder da war, konnte er ihr
auch von dessen Erlebnissen bei dem
Jäger in Promoisel erzählen, doch Luise
hörte nicht richtig zu. Schließlich kam sie
damit heraus, daß sie sich Sorgen um
Merle mache. Sie drei seien im Slottsskogens Hostel in Göteborg sehr gut untergekommen. Lasse sei ein netter junger
Mann und sie könne nichts Nachteiliges
über ihn sagen; jetzt aber habe er Merle
von dem „angesagten" Yaki-De Public
House vorgeschwärmt und wie man sich
vielleicht denken kann, will Merle mit

Lasse unbedingt dort hin. Luise habe sich erkundigt, in Göteborg seien solche Lokalitäten wie das Yaki-De Public House eigentlich Nightclubs, welche die Funktion von Discotheken mit übernehmen. Es war ganz deutlich, daß Luise die ganze Unternehmung nicht gefiel. Ortwin stimmte ihr zu und bat sie eindringlich, den Besuch dieses Etablissements auf geschickte Weise zu verhindern. Der Bestand der Bekanntschaft mit diesem Lasse könne schwerlich davon abhängen und wenn doch, sei sie sowieso nichts wert; im Übrigen würde sie seiner Meinung nach, setzte Ortwin noch hinzu, nach dieser Radpartie im Alltag von Lomma schon bald vergessen sein; er kenne doch seine „leicht entflammbare" Merle. Luise stimmte Ortwin aufseufzend zu und bemerkte nur noch etwas resigniert, daß er den leichteren Part mit seinen Ratschlägen aus der Ferne habe; sie wolle sich Mühe geben, „das Ganze zu deichseln". Damit endete das Krisenge-

spräch zwischen den Erziehungsberech-
tigten und Ortwin ging mit sehr gemischten Gefühlen wieder hinein zu den Anderen.

Die hatten in der Zwischenzeit die Chance genutzt, Moritz in Abwesenheit des
Vaters nach Herzenslust zu befragen.
Aber Moritz war gewitzt genug, um die
hinterlistige Fragerei zu durchschauen
und mit ausgiebiger Schilderung seiner
Erlebnisse in Promoisel gleichsam zu „er-
sticken". Als Ortwin nun wieder zu-
rückkam, saß Moritz ziemlich gelangweilt
am Tisch und war für die Meisten nicht
mehr von Interesse. Nur der alte Uttermöhlen wollte Ortwin unbedingt mittei-
len, wie begeistert er von seinem Sohn
Moritz sei: ein Jugendlicher, der sich für
die Natur interessiere und nichts für den
Tingeltangel eines sogenannten Hafenfestes übrig habe. Das sei geradezu phä-
nomenal. Ortwin sah, wie Moritz unter
dieser Lobhudelei litt und eigentlich hier

nur noch weg wollte.

Ortwin tat ihm den Gefallen und ging mit ihm zu Kapitän Solms ins Steuerhaus. Dort trafen sie auch auf John, der mit einem Fernglas das Hafengelände absuchte. Halb scherzend, halb besorgt fragte Ortwin ihn, ob er etwas Bedrohliches entdeckt habe. John ließ sich viel Zeit mit seiner Antwort; als er das Fernglas abgesetzt hatte, sagte er nur lapidar, daß er eigentlich nichts Besonderes entdeckt habe; außer vielleicht – daß auf der Hochseeyacht aus Belarus große Geschäftigkeit zu beobachten sei. „Aber was heißt das schon?"

9. Ein Tänzchen wagen

Es gibt manchmal Ereignisse im Leben, deren Eintreten man einfach nicht wahrhaben will, etwa nach der Sentenz von Palmström[46], „daß nicht sein kann, was nicht sein darf!" Es liegt mir fern, liebe Leser*innen, tiefenpsyhologische Deutungen für das folgende Geschehen zu bemühen; aber dennoch ist es auffallend, wie archetypische[47] Grundmuster menschlichem Verhalten zugrunde[48] liegen und in ihm immer zur Ausprägung kommen. Es sollte den Erwachsenen doch – bitteschön – noch in Erinnerung sein, welchen Verlockungen und Illusionen sie selbst in ihrer Jugend ausgesetzt waren und manchmal auch nicht

---

46 Siehe Christian Morgenstern „Die unmögliche Tatsache"
47 Archetypen = sind definiert als psychische oder psychophysische Strukturdominanten, die als unbewusste Wirkfaktoren das menschliche Verhalten und Bewußtsein beeinflussen
48 Siehe auch C. G. Jung „Die Beziehungen zwischen dem Ich und dem Unbe-wußtem" Reichl-Verlag, 1928

widerstehen konnten. Aber es kann natürlich auch sein, daß sich ihr Besorgtsein gerade auf dem Wissen um diese jugendliche „Labilität" gründete. Jedenfalls waren Luise und jetzt auch Ortwin äußerst besorgt, ob ihre Tochter Merle in ihrer derzeit bockigen Tour, gerade weil ihr etwas untersagt worden war, von ihrem Vorhaben nicht ablassen konnte.

Hier muß ich leider in den Fortgang der Geschichte eingreifen; vermutlich ahnen Sie schon, daß der Abend in Göteborg für die Drei sehr dramatisch enden sollte. Bevor ich Ihnen aber ein wüstes Konglomerat aus dem Stückwerk, das eine flennende Merle von sich gab, und den Beiträgen einer hysterischen Luise zumuten, will ich lieber eingreifen und versuchen, eine einigermaßen geordnete Abfolge der Ereignisse zu erzählen:

Luise, Merle und Lasse waren in dem

Slottsskogens Hostel in drei Einzelzimmern untergebracht, was jedem der Drei eine gewisse Freizügigkeit einräumte (und die verlockende Möglichkeit, bei passender Gelegenheit, unbemerkt zu verduften.) Unser Pärchen Merle/Lasse konnte dieser Versuchung nicht widerstehen und verschwand kurz nach 22.00 Uhr aus dem Hostel; Luise war im Glauben, daß die Zwei ihre „Ausflugsidee" hätten fallen lassen, beruhigt eingeschlafen. Das Yaki-Da Public House in der Storgatan 47 entpuppte sich als ein Nightclub mit mehreren Tanzflächen, unterschiedlicher Musik und mehreren DJs; der „Laden" war mehr als gut besucht und ließ nur wenig Raum; dementsprechend schwül-warme Luft geschwängert mit allerhand Düften erschwerte eigentlich das Wohlbefinden; die allgemeine Begeisterung war aber so mitreißend, daß diese Nebensächlichkeiten keine Bedeutung hatten: man schwitzte eben und hatte Spaß; das war für den Augenblick vollkommen genug. Viel Reden brauchte man auch nicht, bei der Lautstärke der wummernden Bässe verstand sowieso keiner den anderen. Doch das spielte alles keine Rolle, wenn man nur genug Raum hatte, sich dem Drive der Hits hingebend in somnambulischer[49] Sicherheit mit eigener Gestik der Berauschtheit Ausdruck zu geben. Nach einiger Zeit lotste Lasse Marle aus dem Getümmel zur Theke und bestellte für sie beide Cola; Lasse war ziemlich echauffiert[50] und schüttete die eisgekühlte Cola hastig in sich hinein, während Merle an ihrem Glas nur nippte. Sie liessen ihre Gläser auf der Theke stehen und mischten sich wieder unter die Tanzenden. Nach mehreren Runden „selbstverliebten Schlangentanzes" kehrten sie wieder zur Theke zurück und Merle überließ Lasse ihre wahrscheinlich schon labbrig gewordene Cola, die er sich auch

---

49 = schlafwandlerisch
50 = erhitzt, im übertragenen Sinne aufgeregt

unverzüglich einverleibte. Und dies sollte die Wende ihres Disco-Besuches bedeuten: Lasse bewegte sich auf einmal seltsam fahrig und tat so, als könne er sich nicht mehr auf den Beinen halten. Merle versuchte ihn zu halten, doch Lasse klappte in ihren Händen zusammen. Als Lasse mit geschlossenen Augen langsam zu Boden sank, war plötzlich auf wundersame Weise um ihn und die bei ihm hockende Merle viel Freiraum mit einem Wall von neugierigen Gaffern. Es dauerte nicht lange und es drängten sich zwei Sanitäter mit einer Trage durch die Menge, ob von Merle oder dem Personal hinter der Theke alarmiert, ließ sich später nicht eindeutig klären, spielt auch keine Rolle. Merle durfte im Krankenwagen mitfahren, als die Sanitäter Lasse mit Blaulicht zum Östra sjukhuset im Diagnosvägen 11 brachten. In der Akutmottagring[51] stellte die Ärztin ziemlich schnell fest, daß Lasse durch k.o.-

---

51 = Notaufnahme

Tropfen[52] niedergestreckt worden sei. Merle war etwas beruhigt, als sie sah, wie routiniert die Ärztin Lasse behandelte. Sie sah sogar ein, daß sie mit ihrem Beharren auf dem Disco-Besuch an dem ganzen Schlamassel Schuld hatte. Es lastete schwer auf ihr, dies ihren Eltern noch beichten zu müssen. Vorrangig sorgte sie sich aber um ihren Lasse, der immer noch bewußtlos lang ausgestreckt auf der Trage lag.

Ich verlasse hier die dramatischen Ereignisse in Göteborg und hoffe, daß ich als

---

52 = K.O. steht für das englische Wort "Knockout". So wird beim Boxen der Zustand genannt, wenn der Boxer oder die Boxerin nach einem Schlag bewusstlos am Boden liegt. Auch die Einnahme von zu vielen K.O.-Tropfen führt meist zu Bewusstlosigkeit. K.O.-Tropfen sind meist flüssige Drogen, in der Szene auch bekannt als "Liquid Ecstasy", "Liquid X" oder "Bottle." Sie gelten gemeinhin auch als Partydroge. Die typischen Wirkstoffe dieser Substanzen sind GHB (GammaHydroxybuttersäure), GBL (Gamma-Butyrolacton) und BD (1,4 Butandiol). Die Tropfen sind farblos und nahezu geschmacklos. Deswegen merken Opfer am Geschmack nicht, wenn ihnen etwas ins Getränk geschüttet wurde.(Wikipedia).

„Grufti"[53] ihrer Schilderung einigermaßen gerecht geworden bin. Noch mitten in der Nacht raffte sich Merle auf und rief ihre Mutter im Hostel an. Ich glaube, liebe Leser*innen, sie können sich selbst das Entsetzen und die hysterische Aufregung vorstellen, mit der Luise aus dem Schlaf gerissen wurde und ad hoc völlig überfordert war, vernünftig zu handeln; was lag in dieser Notsituation näher, als nun ihrerseits Ortwin im leider fernen Sassnitz zu alarmieren: Den heftigen, von Weinen und Schluchzen untermalten Wortwechsdel zwischen Luise und Ortwin brauche ich nicht in allen Einzelheiten schildern, den Entschluß, den Ortwin schließlich fasste, war zwar menschlich verständlich, sollte sich aber im Nachhinein als gefährlich übereilt erweisen. Zum Trost teilte Ortwin seiner Luise mit, daß er die Weiterfahrt auf der Brigg nach Wismar sofort streichen und

---

53 = Erwachsene[r], der/die in den Augen Jugendlicher bereits als alt angesehen wird (Duden)

mit Moritz schon morgen mit der Katamaran-Fähre Skane Jett nach Ystad in Südschweden kommen werde. Das verzweifelte Schluchzen am anderen Ende der Leitung wurde merklich weniger. Ortwin war schon allein dadurch etwas beruhigt, daß er fähig gewesen war, in dieser Zwangslage einen Entschluß gefaßt zu haben. Alles Weitere würde sich in den nächsten Tagen zeigen; wie gut, daß Ortwin nicht wußte, wie Recht er mit dieser Vorahnung haben sollte.

Nach dem Ende der Sail 24 begann nun das große Abbauen und Aufräumen im gesamten Hafengelände von Sassnitz. Davon war auch Gregor betroffen; in mühsamer Kleinarbeit hatte die Polizei festgestellt, daß die Firma Kisten-Karl für die Platzierung der fraglichen Transportkiste aus Vietnam neben dem Westende des Parkhauses ursächlich verantwortlich sei und damit zur Beseitigung ihrer kümmerlichen Reste herangezogen werden konnte. Rechtzeitig genug hatte Sindbad seinen Beobachtungsposten auf dem obersten Parkdeck bezogen, um von oben zu begutachten, wie Gregor zu Werke ging. Er schob mit einem Vorderlader die verkohlten Trümmer zusammen und kippten sie in einen bereitstehenden Muldenkipper ab. Den verbliebenen Ascheresten und Brandspuren auf der Betonsteinpflasterung rückte er mit einem Kercher zu Leibe. So verschwanden auch noch die letzten Spuren der anonymen Frauenleiche mit dem Spülwasser im nächsten Gulli. Gregor hatte schon längst mitbekommen, daß ihn dieser Sindbad von oben beobachtete, und beobachtet zu werden, liebte er grundsätzlich nicht; das konnte ihm so manche günstige Gelegenheit verderben, bei der ihm ein Zeuge hinderlich sein würde. So ganz war Gregor aber auch nicht nur bei seiner eigentlichen Arbeit; immer, wenn es sich einrichten ließ, beobachtete er beim Hin- und Herfahren des Frontladers und später beim intensiven Kerchern eine ungewöhnliche Betriebsamkeit drüben auf der Brigg und auch drüben auf der weißen Hochseeyacht aus Belarus am Molenende. Über „schlafende" Verbindungen hatte er einige Hinweise bekommen, daß seine ehemalige „Firma" in Sankt Petersburg etwas „Nasses"[54] in Sassnitz plante. Auch Gregor war in diesem Zusammenhang schon längst das seltsame Verhalten der Besatzung der Hochseeyacht aus Belarus aufgefallen, die jetzt allem Anschein nach Proviant und Wasser bunkerten, als ob die Abfahrt kurz bevorstehe. Das Treiben auf der Brigg, wo sich logischerweise die Zielpersonen befinden mußten, konnte Gregor nicht deuten: der blonde Junge, den er einige Tage nicht gesehen hatte, tobte auf dem Deck mit dem Schwarzen herum; das Fallreep war eingezogen und der Vater des Jungen war nicht zu sehen; vom

---

54 = im Mafia-Jargon Synonym für „blutig"

Hören-Sagen hatte Gregor erfahren, daß dieser Vater in der damaligen Affäre[55] in Sassnitz maßgeblich verwickelt und gerade noch glimpflich entwischt war. Gregor hatte seit längerer Zeit nichts mehr für die Herren in Sankt Petersburg erledigt und so sollte es nach seiner Meinung auch bleiben; er war aber mißtrauisch genug und wollte zur eigenen Sicherheit wissen, was für trüben Geschäfte in seinem Umfeld geplant waren. Ihm war wohl bewußt, daß die „Firma" niemanden so einfach gehen ließ, hatte sie ihn in ihren Fängen. Der Klingelton seines Handies weckte Gregor aus seinem Sinnieren auf: Sein Chef, also gewissermaßen Kisten-Karl persönlich, teilte ihm mit, daß er morgen im Hafen von Ystad ein paar Kisten übernehmen und dafür mit der Fähre von Mukran hinüberfahren solle. Gregor wars zufrieden, hatte er doch die Gelegenheit zollfrei Schnaps und Zigaretten zu kau-

---

55 Siehe in Holger Nielsen „Wer, wenn nicht er" BoD, 2011

fen. Seiner Martha gab er auch noch per Handy Bescheid, daß er sie wegen eines neuen Auftrags morgen nicht zur Wassergymnastik nach Bergen fahren könne.

Am Abend meldete sich Luise und vermeldete, daß Lasse aufgewacht sei, sich aber an nichts mehr erinnern könne und daß Merle total übermüdet jetzt ihrerseits eingeschlafen sei. Sie beendete das Gespräch mit Ortwin mit einem hingehauchtem „Komm bitte bald, ich halte hier allein nicht mehr lange durch!" Ortwin wurde es schwer ums Herz, wußte er doch nicht, wem er dieses Attentat mit den k. o.-Tropfen zuschreiben konnte und ob nicht durch bloßen Zufall statt Merle dieser Lasse vergiftet worden war. Einerlei! Er mußte umgehend zu ihnen.

10. Pyt med det![56]

Mir ist wohl bewußt, daß der Gebrauch von sogenannten Sinnsprüchen wie „Man soll den Tag nicht vor dem Abend loben" heute für total „old school" gelten; wenn man aber ihren Sinngehalt verinnerlicht, können sie auch heute noch nützlich sein. Ortwin und Moritz jedenfalls waren an diesem Morgen unbeschwert und freuten sich auf die Fahrt mit der Schnellfähre nach Schweden, in der trügerischen Hoffnung, wiedervereint mit Luise und Merle allen Widrigkeiten der Welt trotzen zu können. Beseelt von dieser Selbstzufriedenheit, eben „pyt med det!", fiel es ihnen leicht, von Allen auf der Brigg Abschied zu nehmen: das Ehepaar Krämer aus Dresden gab sich wie immmer „emotional zugeknöpft"; der Barkeeper Wittkowsky aus Berlin-Pankow fühlte sich offenbar unwohl berührt und benahm sich

---

56 = Ach was! Hat nichts zu sagen!

entsprechend linkisch und schroff; der ehemalige Zeichenlehrer Uttermöhlen war der Einzige, der, mit ein paar Tränen in den Augenwinkeln, Ortwin und Moritz zum Abschied umarmte. Kapitän Solms gab in seiner gewohnten wort-kargen Art allein durch einen „dosiert" heftigen Händedruck seiner Zuneigung Ausdruck; ganz im Gegensatz zu John, der alle Register zog, um seine Gefühle freizusetzen: er umrundete Ortwin und Moritz in einer Art Woodoo-Tanz untermalt von einem seltsamen kehligen Singsang. Zum Abschluß streifte John jedem von ihnen ein mit bunten Perlen geschmücktes Armband über und versicherte ihnen, daß sie nun vor jeglichem Unheil geschützt seien.

Ein Taxi brachte Ortwin und Moritz nach Mukran zum Fährhafen. Der Taxifahrer war sehr gesprächig und neugierig; nachdem er seine Fahrgäste eingehend nach Ziel und Absicht befragt hatte, gab er sich sehr verwundert, weil er heute schon eine Fahrt nach Mukran zur Schnellfähre gehabt habe; dafür habe er einen ziemlich wortkargen Kerl aus Lancken abgeholt; sie würden ihn sicher auf der Fähre treffen und ihn an seinem viel zu engen gelben Pullover erkennen. Ortwin gab nichts auf das Geschwätz des Taxifahrers.

So früh am Morgen war im Hafen Mukran nur wenig Betrieb. Der rote Fährkatamaran lag vertäut am Kai an seiner Verladestelle und einige Personenwagen und Lieferwagen rollten langsam einer nach dem anderen in ihn hinein. Lediglich eine ziemlich große Schar von äußerst athletisch wirkenden Männern sorgte mit dröhnendem Gesang und Schwenken von großen Vereinsfahnen für einigen Tumult. Auch sie drängten bereits auf die Fähre.

Es war durchaus verständlich, daß Ortwin, abgelenkt von den alkoholisierten Schweden vor ihm und seinen Sorgen um Luise und Merle im fernen Göteborg, seiner sonstigen Umgebung nur wenig Auf-merksamkeit schenkte. Auch Moritz neben ihm war fasziniert von den gröhlenden Männern und der bevorstehenden Katamaranfahrt, hatte er doch an ihren Vereinsfahnen mit den zwei roten Löwen erkannt, daß es sich um die berühmten „Blizzards", eine Rugby Football Mannschaft aus Uppsala, handelte. So entging es Ortwin und Moritz, daß auch die ihnen wohlbekannte weiße Hochseeyacht aus Belarus seltsamerweise heute im Hafen von Mukran festgemacht hatte; aber es ist generell eine menschliche Schwäche, daß man unter der Bewunderung von den prächtigen, duftenden Blüten von Rosen leider ihre gefährlichen Dornen[57] übersieht. So betrat Ortwin mit

---

57 Hier muß ich ganz prosaisch eingreifen: Botanisch gesehen haben Rosen keine Dornen (spitze Auswüchse von

Moritz an der Hand relativ unbefangen den Skane Jett; doch das sollte sich bald ändern! Sie hatten Plätze in der „Economy Class" gebucht, saßen also mit den gröhlenden „Blizzards" zusammen. Das gefiehl Ortwin überhaupt nicht, hatte er sich doch eine ruhige, beschauliche Überfahrt nach Ystad gewünscht. Seine Lehrermentalität mit manchmal absurder Knausrigkeit hinderte ihn daran, einfach mit Moritz eine Etage höher in die ruhigere, aber teuerere „Premium Econnomy Class" zu wechseln; stattdessen folgte er Moritz, der weiter hinten einen separaten Raum entdeckt hatte und der als „Truckers Corner" klassifiziert war. Ohne weiter lange zu überlegen, schob Ortwin die Tür zu diesem stickigen Kabuff auf und verharrte kurz, denn ein deja-vu-Erlebnis ließ ihn augenblicklich verharren: an einem der vier Tisch saß ein muskulöser Mann in einem quitte-gelben Pull-

---

ursprünglichen Sproßteilen oder Blättern), sondern Stacheln (Emergenzen der Epidermis).

over, der von seiner Zeitung aufsah und sie jäh musterte. Es war der Blick dieses fremden Mannes, der Ortwin und Moritz irgendwie feindselig zu durchbohren schien; also jemand, dem er nach Möglichkeit aus dem Wege gehen wollte. Andererseits rührte der Anblick dieses finster drein blickenden Mannes in Ortwin an eine längst verdrängte Erinnerung, die er nicht einzuordnen wußte. Die Gröhlerei der „Blizzards" hinter ihm und die ungeduldige Zappelei seines Sohnes vermochten es, Ortwin aus dem fixierenden Blick des Fremden zu lösen. Ortwin schob die Tür hinter sich zu und setzte sich mit Moritz an den nächstbesten Vierertisch. Sie hatten jetzt den unangenehmen Fremden in ihrem Rücken, konnten aber durch Butzenscheiben das Treiben in der „Economy Class" in allen Einzelheiten beobachten.

Gregor – den Sie, liebe Leser*innen, schon längst als den Mann im quitte-gelben Pullover aus Lancken erkannt haben – war durch das unerwartete Auftauchen von diesem Ortwin mit Sohn alarmiert; wo die beiden presumptiven Opfer waren, drohte akute Gefahr, mit der er absolut nichts zu tun haben wollte.

Ortwin meinte, noch keinen Grund zur Besorgnis zu haben, und fühlte sich nur durch den Radau der „Blizzards" jenseits der Schiebetür unerträglich gestört. Das änderte sich schlagartig, als er sah, wie zwei Männer in wohlbekannten blauen Anzügen breitbeinig die Treppe von der „Premium Economic Class" herunterkamen. Von den „Blizzards" wurden sie mit großem Hallo begrüßt, als sie es gewagt hatten, sich bis in ihre Mitte zu begeben. Ortwin sah das alles mit großem Unbehagen und wußte nicht, wie er jetzt noch mit Moritz aus „Truckers Corner" schadlos verduften könnte. In dieser prekären Situation sah er den Fremden im gelben Pullover an ihrem Tisch vorbeistürmen und eine seitlich deponierte Truhe mit Rettungswesten soweit nach vorne ziehen, daß sich die Schiebetür nicht mehr öffnen lassen würde. Was Ortwin schier unbegreiflich erschien, war nicht etwa eine Aktion von Gregor zum Schutz von Ortwin und seinem Sohn, sondern eine Vorsichtsmaßnahme, um nicht seinerseits in das verwickelt zu werden, was Aleksis und Mika mutmaßlich vorhatten bzw. was ihr Auftrag war. Aber im Endeffekt profitierten Ortwin und Moritz davon, nach dem Napoleon zugesprochenen Leitspruch „Der Feind meines Feindes ist mein Freund".

Es blieb aber dabei, sie saßen im „Truckers Corner" gewaltig in der Falle. Die Situation vor der Schiebetür spitzte sich immer mehr zu. Aleksis und Mika standen etwas unschlüssig in ihren blauen Anzügen wie überalterte Konfirmanden mitten unter den „Blizzards". Von denen hatte einer den für Rugby-Wettkämpfe typischen ellipsoidförmigen Ball vorgeholt und begonnen, ihn mit viel Effet[58] zwischen seinen Kumpels kreisen zu lassen. Jeder Wurf, bei dem der Ball einen der beiden Anzugmänner fast streifte, wurde mit einem höllischen Geschrei von den „Blizzards" gefeiert. Es war nur noch eine Frage der Zeit, wie lange Aleksis oder Mika sich noch provozieren ließen; Ortwin und Gregor konnten nur untätig zusehen, wie das Drama dort draußen hinter den Butzenscheiben unaufhaltsam seinem Gipfel zueilte. Die Abfolge der Würfe wurde immer schneller und das Gegröhle der „Blizzards" immer lauter. Die beiden Anzugmänner kamen immer mehr in die Bre-douille[59], durch blitzschnelle Drehungen und Wendungen dem gefährlichem Geschoß ausweichen zu können. Es war abzusehen, daß diese Ausweichmanöver auf die Dauer nicht gutgehen

---

58 = Abweichung von der Wurfrichtung durch Eigendrall
59 = Bedrängnis, Notlage

konnten.

Es wird sich jedenfalls nie klären lassen, was im wörtlichen Sinne den Knalleffekt schließlich ausgelöst hat: Aleksis sah den Ball auf seinen Kopf zurasen und griff ganz automatisch im Reflex mit der rechten Hand zu seinem Schulterhalfter. Und dann geschah alles fast gleichzeitig; der Ball traf mit voller Wucht seinen Kopf und brachte ihn zum Taumeln; sein rechte Hand hatte die Pistole aus dem Halfter gerissen; als Aleksis zu Boden stürzte, hielt er die Pistole mit gestrecktem Arm weit von sich und drückte ab; die Kugel schlug in die Decke ein. Wenn Aleksis gedacht haben sollte, sich mit diesem Warnschuß in höchster Not Respekt verschaffen zu können, so hatte er sich total verschätzt. Der Knall wirkte auf die „Blizzards" wie ein Kommando zum Verhindern eines Touchdown auf dem Rugby-Spielfeld: Da, wo eben noch Aleksis und Mita gestanden hatten, begrub sie beide

jetzt ein wirrer Haufen aufeinander lie-
gender Männer, die sich ineinander ver-
keilt hatten und nichts mehr entkommen
ließen.

Bei dem ganzen Tohuwahobu[60] in der
„Economic Class" hatte man garnicht mitbekommen, daß der Skane Jett bereits
in den Hafen von Ystad einlief; durch den
Tumult an Bord hatte der Kapitän bereits
die schwedische Polizei alarmiert, die zu
Zehnt an Bord kam und sich ihren „ruhm-
reichen Blizzards" widmete. Die beiden
arg mitgenommenen Finnen wurden ent-
waffnet, mit Handschellen versehen und
abgeführt. Ortwin sah noch, wie die „Blizzards" einer nah dem anderen an Ort und
Stelle von der Polizei verhört wurde.
Dabei entging es Ortwin, daß es der
Fremde im gelben Pullover verstand, en
passant[61] die Blockierung der Schiebetür

---

60 = Lehnwort aus dem Hebräischen, bezeichnet großes
     Durcheinander
61 = eigentlich Begriff vom Schachspiel, umgangssprachlich

zu beheben und dann selbst in einem günstigen Augenblick ungehindert zu verduften. Ortwin wurde später zusammen mit Moritz wie auch die wenigen übrigen Fahrgäste der „Econo-mic Class" von der Polizei als Zeugen befragt, wobei sich Ortwin in seiner Aussage auf das beschränkte, was er tatsächlich in dem Skane Jett gesehen hatte, und das verschwieg, was er über die Festgenommenen zu wissen vermeinte. Er war sich gewiß, daß er nur unnötig „viel Staub" aufgewirbelt hätte, wenn er sein Wissen offenbahrt hätte; und dann wäre er hier noch unnötig länger aufgehalten worden. Ortwin wollte aber auf dem schnellsten Weg zu Luise und Merle. Also verließ er mit Moritz so schnell er konnte die Fähre. Ortwin bedauerte es sehr, daß keine Zeit blieb, sich in Ystad – der Wirkungsstätte des legendären Kurt Wallander[62] - etwas umzusehen. Für seine momentanen

---

für nebenbei
62 = Hauptfigur in der Krimi-Serie von Henning Mankell

Zwecke lag der Bahnhof von Ystad äußerst günstig direkt am Hafen. Es stand also nichts mehr im Weg, um mit dem Zug über Malmö zu Luise und Merle nach Göteborg zu gelangen.

Der Vollständigkeit halber sei noch erwähnt, daß Gregor mit seinem Lieferwagen mehrere stattliche Holzkisten von der Spedition Roger Eriksson in der Bornholmsgatan 5 abgeholt hatte und nun schon wieder in der Warteschlange am Anleger des Skane Jett zur Rückfahrt nach Mukran stand.

11. und schließlich noch das

Es war schon später Abend dieses denkwürdigen Tages, als ihr Zug in Göteborg einlief. Trotz aller Widrigkeiten hatten Ortwin und Moritz nur einen Tag zur Rückkehr nach Schweden gebraucht und waren jetzt sehr gespannt, in welchem Zustand sie Luise und Merle auffinden würden. Zur Feier des Tages hatten sie sich in der ältesten Konditorei von Göteborg, in der Ahlströms Konditori am Korsgatan 2 verabredet. Um Zeit zu sparen, stiegen Ortwin und Moritz in ein Taxi. So kurz vor dem Ziel hatten die Beiden kein Interesse an den Straßen, die draußen vorbeiglitten; sie wollten nur endlich ankommen. Als sie vor der Ahlströms Konditori aus dem Taxi ausstiegen und auf deren Eingangstür

zueilten, glich das eher einem Banküber-
fall in einem Slapstick-Film wie etwa die
„Olsenbande"[63]. Dann fielen sie sich
glücklich in die Arme. Merle und Luise
waren wohlauf, hatten aber noch ver-
weinte Augen. Lasse war nicht bei ihnen;
seine Eltern hatten ihn aus dem Kran-
kenhaus abgeholt und für das Beste be-
funden, ihn „unter ihre Fittiche zu nehmen". Wenig später steckte Luise Ortwin
in einer ruhigen Minute, daß das „Kapitel
Lasse" von Merle bereits überwunden
sei. Beim Verzehr von viel Kuchen und
Sahne – das soll ja auch die Nerven
beruhigen – entluden sich der Frust und
die Sorgen der letzten Tage und machte
den Vier noch einmal bewußt, wie
großes Glück sie gehabt hatten.

Jetzt war der Moment für den großen
Auftritt von Moritz gekommen. Erst kram-

---

63 = 14-teilige dänische Filmserie von Gaunerkomödien

te er noch geheimnisvoll in seinem Rucksack, holte dann daraus vier Tütchen hervor und verteilte sie in der Familie mit dem Wunsch, daß sie von nunan ihren persönlichen Schutzgeist bei sich haben könnten: in den Tüten steckten kleine, freundlich schmunzelnde Gnome aus Kreide – die von Rügen wohlbekannten Petermännchen[64]. Die freudige Überraschung nach soviel Ungemach war Moritz geglückt und heiterte alle am Tisch wieder auf.

Im Kreis seiner Familie rückte nun

---

64 Siehe Ernst Moritz Arndt: „ Rügenmärchen" Darin spielen Zwerge eine große Rolle. Es wird von schwarzen, braunen, grünen und weißen Zwer-gen berichtet. Die schwarzen sind begnadete Handwerker, aber mürrisch und den Menschen nicht wohl gesonnen. Die braunen und grünen Zwer-ge sind umgänglich, gehen den Menschen aber aus dem Weg. Anders die weißen Zwerge. Sie sind immer guter Dinge und den Kindern beson-ders zugetan. Ihnen bringen sie kleine Geschenke und süße Träume.

Ortwin mit seiner Überrschung heraus:
Ihre gemeinsame Heimreise nach Lomma plane er mit einer gecharterten Se-
gelyacht. Nun waren alle Vier restlos zufrieden.

Herzlichen Dank
an
meine drei guten Feen
Emi, Kaktusblüte und Gitti !

12. Vom gleichen Autor (Pseudonym) bereits erschienen:

Holger Nielsen
Ralfs Erbe
BoD, 2003, 256 Seiten,
ISBN-10: 3833005947, 18,20
Euro

Holger Nielsen
Wer, wenn nicht er ?
BoD, 2011, 438 Seiten,
ISBN-10: 384256854, 27,90 Euro

Holger Nielsen
**Mein zweiter Schlaganfall
und mein Weg zurück zu mir**
BoD, 2024, 120 Seiten,

ISBN 9783758367168, 18, 99
Euro

Holger Nielsen
**Tödlicher Sturz von den
Kreidefelsen**
BoD, 2024, 112 Seiten,
ISBN 978759714701, 18, 99
Euro

Holger Nielsen
Konrads Karriere Knick
BoD, 2024, 114 Seiten,
ISBN 9783759736130 7,99 Euro

Holger Nielsen

**Wie Phönix aus der Asche,
leider leicht lädiert**
BoD, 2024, 98 Seiten,
ISBN 9783759794734 5,99 Euro

Holger Nielsen
Faszination der Langsamkeit
2025
Jasmunder Heimathefte Nr. 13,
Verlag Edition Pommern